텃새

박명화 시집

텃새

문학산책사

시인의 말

늘
부여안고 있던 작은 흔적들
여기저기 떠돌아다니던 말들
자리할 곳 없이 헤매던 사연들
추억 위해 살아가던 어르신들
꿈을 위해 울고 웃던 아기들
고향 위해 타향을 쓰다듬다
스러져가는 아버지, 어머니들
결코 사랑을 놓치지 않은 이야기들
말하지 않고 참을 수 없어
시인이라는 핑계로
징검돌 몇 개, 詩처럼 얹습니다.

2015년 유월에

朴明花

텃·새   박명화 시집

시인의 말

/부 어허

2부 순간

3부 분유

4부 튀밥

5부 한낮

1부

어허

텃새

안방 턱하니 자리 차지한 경대
꽃구름 열차 수시로 드나드는
횟댓보 역이
텃새처럼 앉아 있네
원앙 한 쌍 속살 부끄럼타듯
그림자처럼 앉아 있네

고추 당초 같은 시집살이도
사랑채 헛기침 소리도
정주간 눈물겨움도
서둘러 횟댓보 역에 내려놓으니
조잘대는 참새 한 마리
날갯짓하며 경대 속으로 쏙 들어 오네

함석지붕 추녀 끝
금슬 좋은 비둘기 한 쌍 속살거리고
보리 밭 이랑 사이로
물까치는 종종 걸음 치닫는

풀숲에는 머리 처박고 꼬리 치켜든
꿩 한 마리

둥지 틀고 가부좌 튼 텃새들
진저리치며 지나가는
짧은 봄 햇살 한 줌에
꾸역꾸역 횟댓보 역에 모여 드네
텃세 부릴 새 없는 텃새들
졸린 듯 두 눈만 끔벅끔벅거리고 있네

감자 심는 날

앞산 에워싼 운무가
어머니 분주한 외침에 놀란 듯
훌쩍 나들이 떠나는 아침이다

검정고무신 꿰차는 순간
슬그머니 마주한 감자씨눈
포근한 흙 담요
덮어달라는 듯 알몸으로 떨고 있다

한량 춤사위로 변한
덮개가 되어줄 하얀 비닐 사이로
덜 쪄진 감자 알싸한 맛 같은
아침 한나절이 지나간다

진진모리 장단 맞추듯
동네 아낙네들 분주한 손놀림
흙 속에 저당 잡힌 듯 마사지 당하자
경운기 발동소리 덩달아 바빠진다

하얀 감자 꽃 피워내려나
보랏빛 감자 꽃 피워내려나
하얀 감자 맺히려나
보랏빛 감자 맺히려나

보퉁이 하나

영등포역 소화물 취급소
안면도에서 올려 보낸 광목 빛깔 보퉁이
툇마루에 앉자마자 풀어 제치니
외할머니 푸른 바다가 출렁인다

출항나간 외삼촌댁 그물 손질에
미처 빠져나가지도 못하고
상품화되지도 못한 채 그물코에 대롱대롱
온몸 만신창이 되어 걸려 있던 놈들
아가미 뜯겨나가고
지느러미 채 살갗 덤으로 찢겨나간 놈들
하나하나 손질하여 말렸으리라
해풍 잔잔한 백사장에서
뼈마디 추스르고
살갗 여미어 주며 꾸덕꾸덕 말렸으리라
제자리에 없었던 눈알 하나 삐뚤어진 채
마지막 손길 느낀 듯 편안해 보이고
화석이 된 양 마주 바라보는 눈자위로

외할머니 주름진 얼굴 겹쳐진다

환생한 듯 팔딱팔딱 힘차게 자맥질하며
꼬리지느러미 휘둘리는 놈들 두어 마리
양손에 거머쥐고 부엌간으로 간다

입맛 다시는 소리 들은 듯
외할머니 얼굴 가득 번지는
까치놀 같은 주홍빛 웃음 보인다

돼지고기 세근

첫새벽 신명난 마수걸이가
늦가을 파장 떨이에
덤까지 얹어 주는 행운으로 이어진다
온종일 귓불에 걸려 있던
아버지 너털웃음은
푸줏간 형광등 불빛에
화로 속 불꽃처럼 피어오른다

선홍색 육질에 입맛 다시는 동안
돼지고기 세근은
두덕두덕한 주인장 손에
썩둑 썩둑 썰어진다.
세월도 비껴간
시장 끝자락 푸줏간 인심이
덤으로 얹혀 지고 있다

두레반상에 모여앉아
꼬물꼬물 꼼지락거리는 수저 끝으로

맛좋은 돼지고기 씹혀지고
외할머니 온화한 눈길은
막내 남동생 쩝쩝거리는
소리 따라 옮겨 다닌다

수저를 놓았다 들었다 하는
아버지 어머니 시선만
공중부양하듯
허공중에 머무른다

넝쿨장미

넝쿨장미 무리 지어
봉제공장 창틀에서 놀고 있다

위장을 감미롭게 자극하던 삼립빵 반쪽
재봉틀 옆에 쭈그리고 앉아
빵 냄새 솔솔 피워보는 야근시간
빼꼼히 고개 내밀던
넝쿨장미 한줄기 화들짝 놀란다.

포만감에 눈꺼풀 풀어지더니
재봉틀 노루발 속으로
둘째손가락 내어주고
놀란 가슴 쓸어내린다

확장된 눈동자
놀랄 일 축에도 못 드는 일상이라는 듯
거즈 한 조각 손가락에 대어놓는 순간
가슴 한켠 열여덟 장미꽃봉오리들

일제히 환호성 내지른다

뒤엉켜 버둥거려야 하는
똬리 틀고 들어앉아버려야 하는
어제 그리고 오늘
깜박거리던 희뿌연 형광등 불빛
긴 몸서리치다 푹 잠에 빠져든다

넝쿨장미 시선만
달빛에게 향하고 있다

일당日當

밧데리 골목 끝자락
찬바람 쌩쌩 부는 날들이
눈 온 뒤 구질거리는 날보다 좋다
12인승 봉고차 미끄러지듯 들어오자
하루를 요리할 수십 개 눈동자 따라 붙는다

손바닥과 손가락에 감지된
온몸 열기로 데인 듯
뜨거워진 가슴 눈치라도 챈 양
흰머리 염색하고 나온 우씨 아저씨
봉고차 탑승 허락받는다

뒷좌석 딱딱한 승차감이 뭔 대수더냐
통장 잔고가 바닥인데
찬바람 잦아들면
구순 어머니 천식소리 쥐 오줌 배인 천장에
낮은 포복하고 다닐텐데

스파크 일으킬 파란 불빛과
왼 종일 눈 맞춰야 하는
중국집 보조주방 일당 자리
백두산호피라도 깔아놓은 듯
등짝에 스멀스멀 따스함 번져온다

감자 하나

김제평야 끝자락
도랑 건너다보이는 다랭이밭 채마밭
허리 굽힌 엄니 손아귀에
한 줌만한 감자 하나 잡혀 있다
달랑 남은 달랑무 같은
감자 하나로 버텨온 세월
그 감자만한 것이 가슴속 똬리 틀었다

프레스공되어 들어앉은 10여년 세월동안
통증 없는 똬리 틀었다
조림용 감자만한 이물질이
변형된 혹 같은 것이
똬리 틀고 또 다른 똬리로 새끼 치는 걸
이승과 저승 바퀴 없는 수레에 올라
혼미한 노을빛 통증과 함께한 세월
두 다리를 뻗대야 앉을 수 있는 바퀴달린 나는
그녀의 수족이 되어
4년 9개월째

신경외과 1202호실 병상에서 마주하고 있다
평생 만날 길 없는 평행선 철로 위를 위태위태한
이방인처럼
전신과 종일 마주하고 있다

마주하는 아름다운 것이 많은 이승에
저승걸음 수없이 걸어보았음직한 두 다리를
뻗대고 앉은 그녀
진분홍 털실로 조끼를
뜨개질하고 있다

대바늘 위로 한 코 한 코 얹어질 때마다
마음그늘 한 코씩 내려뜨리고 있다

멈춘다는 거

노을빛 반사로 눈부신 대학병원 뜨락
한 사내 물리치료실 둘러본다
조랭이떡 만한 땀 흘리는 그녀
화롯불에 데인 듯 붉어진 얼굴
틀어 올린 머리
고정시킨 일자 핀 아래로
목선이 곱다

휘감았던 손아귀 힘이
센 듯 부드러운 듯 손끝에서 꼼지락거린다
상앗빛 꽃무늬 커튼 사이로
경직되었던 시간의 흔적들
발아래 굼벵이 꿈틀거림 감지한
멈춰 선 그녀의 두 눈
한 발자국 한 발자국 떼어 놓는
두 다리 내려다본다

현관에 기대선 오늘도 요지부동이다

온몸 눕히고 손끝으로 훑고 지나가면
금방이라도 휘감겨 올 거 같은
그녀의 가녀린 두 팔이 가운 속에서
흐느적거린다

오감을 총동원시킨 그녀
감각 없이 다가온 사내 체취조차 버겁다
멈추기 위한 서있기 위한
감각만 눈뜨기를
온몸으로 빌어본다

어허

쏟아내었던 말
독화살 같은 비수되어
뱉어낸 말
애간장 저미었을 말

돌아온 대답은
"어허" 그 한마디 뿐

혹한의 세월 같은 날들
살아내고 있는 것을
알았던 게야

마지막 침상에서
잡아준 손아귀의 여운만
소용돌이 같은 회한으로 남겨두고
"어허" 소리는
먹먹한 상상으로만 듣고
살아갈 테지

사막

오아시스처럼 다가온 투자설명회장
밀려든 인파로 발 디딜 틈 없다

가시 돋친 선인장 같은 바리케이드
잘 차려입은 한 무리의 사람들
뜨거워진 열기 속으로
빨려들 듯 사라진다

낙타 등에 올라 탄 듯 가벼운 몸짓들
두 귀는 투자설명회장 단상으로 몰려 있고
숨소리조차 들리지 않는
신기루 찾아 눈을 번득인다

태양열보다 더 뜨거워진 가슴들
사막의 낮과 밤 같은 이중고와 타협하며
오아시스와 마주할 날
손꼽아 기다리고 있다

요양병원에서

끼루룩 가래 끓는 소리 요동치면
머릿속 기억 세포
강화도 어느 포구 뱃전으로 줄행랑친다.

일회용 장갑 끼워진 잽싼 손놀림
챙 넓은 모자 사이 스쳐지나가는
갈매기 날갯짓 같다

반란하는 물거품 일렁이는 바닷물 사이로
좁디좁은 17개 침상이 자리 잡고
부우웅 뱃고동 소리 같은 목구멍 외침이 들리는 듯
요양보호사 멸균 손 장갑 통해
시원스레 관을 통과하여 기구 안으로
들어가는 생성된 이물질들
뱃전을 두드리는 파도 위 부유물이 저럴까?

가슴속 일탈을 꿈꾸어 온 적도 없고
허망한 꿈 찾아 방황한 적도 없는데

지천명을 넘나 싶더니 온몸은 세상보기를 멈추었다

포구의 평화로움 뇌세포 자극하듯
소리 내지 못하는 입 모양만 삐죽거리는
속! 상! 해!
선두에 늘어진 인파 속에라도 있는 듯
요양보호사 뒤늦게 속상해를 받아 되뇌어 주는
속! 상! 해?
끄덕이는 고갯짓 따라
들뜬 발걸음 뱃전에서 육지로 내디딘다

서서히 감겨지는 두 눈
포구 안쪽 백사장
꾹꾹
밟고 가고 있는
가속도 달라붙은 시원한 발걸음
쭉 뻗어본다

자동차

이름 가진 네발 달린
희망이 질주한다
탄력 받아 질주하다보면
날개 달고 날 수 있을까?
4차선 도로에서
8차선 도로에서
새벽안개 걷어내고
의기양양 날 수 있을까?

금성까지
아니 명왕성까지
아니 우주 끝까지
은하철도999되어 날아 갈 수 있을까?

두 다리는 벌써 다녀왔는데
화성에서 점심 먹고
목성에서 새참 먹고
천왕성에서 저녁 먹고

블랙홀에서 이브닝 커피
우아하게 마시고

네 발 달린 희망이와 함께 한 오늘
맑은 저녁 까치놀이 눈부신 오늘
아침 놀 아름다울 내일
날개 달고 날아봐야지

우주선 같은 자동차
네가 있어 든든한

無信 詩를 쓴다고

아카시아 향기 따라 걷다가
잠시 멈춰진 숲길에서
접지 못하는 꿈 하나 데리고
다시 걷는다

속살거리며 꿈이 지껄여댄다
조 껍데기 까부수는 재주도 없으면서
無信 詩를 쓴다고

까부술 수 있는 것들은
모두 까부쉬버리고
허우적허우적거리다가
거꾸로 처박힐 때 처박히더라도
詩다운 詩 한 편 써보라고

無信 詩를 쓴다고
그래도 쓰고 싶은 詩
다시 움켜쥐고
아카시아 향기 따라 걷는다
수리산 팔부능선 시 한 마리 살지 않는

2부

순간

거북이 나들이 가다

기분 좋은 웅크림으로
나들이 나선다

앞서거니 뒤서거니
느리면 느린 대로
멀찍이 떨어졌다 싶으면
슬쩍 잰걸음도 걸을 줄 아는

햇살 마주한 짧은 목 언저리
쌀부대만큼이나 무거움 느껴지고
따사로운 시선들 넙데데한 등 뒤로
시냇물 파문 일듯 번져나간다
전족 신은 듯 뒤뚱거리는 모습
한없이 느려지는 걸음걸이
나들이 간다

등걸 위에 걸터앉듯
숙이고 낮추고 기다려온 세월 마디마디

온몸을 강타한 듯
찌푸린 눈살 속에 힘줄이 불거져도
멈출 수 없는
나들이 간다

몇 미터도 안 되는 요양원 정문이
시오리 길 같다

나종식 할아버지

까치놀이 동무하자고 문지방에 걸터앉는다. 시렁 위에 얌전한 반찬통도 내려앉는다. 검은 매직으로 또박또박 쓴 '나종식 할아버지' 글자가 선명하다. 머리맡 500미리 빈 우유 곽 속에 숟가락과 젓가락도 자리 잡는다. 시장기가 도는지 어지간히 달그락거린다

전기밥솥 안 뚜껑 덮어진 스텐 밥그릇 네 개, 목요일이라고 시위하는 듯하다. 까치놀만 동무하자고 찾아왔으니 오늘도 가슴팍이 먹먹해 오나 보다. 줄어들 리 없는 스텐 밥 그릇 네 개만 부대끼고 가부좌 틀고 게슴츠레한 눈만 번득인다

남는 밥그릇 한개도 없을 때는 봉당에 멍석이라도 깔려 있으려나, 천막이 쳐져 있으려나, 하늘로 치솟은 용마루 끝에서 살덩이 같은 밥 두어 덩이 내려다보고 있으려나

까치놀이 시장한지 단숨에 먹어치우고는 주춤주춤 뒤꼍으로 에둘러 간다. 말라버린 우물을 내려다보는 듯 몇 잎 남은 감나무 이파리만 팔랑팔랑 노을빛과 친구하고 있다. 까치밥은 저리도 빛깔 곱게 익어 가는데 까치놀은 뒤 마려운 듯 줄행랑만 치고 있다

제집인 양 찾아든 고양이 한 마리, 까치놀에 두 눈 번뜩이는 사이로 부지깽이 들고 고양이 내쫓던 할멈 얼굴만 뚜렷해 온다

꿈속에서 만나면 비워내지 못한 스텐 밥그릇 보고 뭐라 하려나. 건넛마을 누렁이 울음소리, 산등성이 승냥이 울음소리 구성지게 안뜰 안으로 들어온다

길

강화도 하점면 부근리 고인돌축제현장
사진 하나
허리끈 질끈 동여맨 촌장
쩍 갈라진 돌 틈으로 걸어 나온다

사랑채 높다란 마루 끝까지
비집고 걸어 나온다
짧은 햇살 한줌
해넘이 중에 길을 잃었나
가마솥 한 가운데 턱 걸치고 앉아
구수한 쇠여물에 코 박고 있네

가기 싫어도 가야할 길이라면
조금 쉬었다 가시게나
쇠여물 찾는 작은
눈망울이 보이지 않나
어그적 어그적 짧은 꼬리 흔들어대는
흙돼지가 보이지 않나

노루잠에도 벌떡 벌떡 일어나는
안채 할망구 깊은 잠 들이 내쉬는 숨소리라도
더 들어야 갈 거 같네

샛강에 얼음이 얇게 저밀 때쯤
다시 오시게나
방죽에 더께가 더 쌓이면 오시게나
핏빛 동백꽃이 더디 오는 봄을 일으켜 세우고
중부리도요새가 고향길 가기 전
에돌다가는 춘삼월에 다시 오시게나

아무려나
오고 가는 길
정해진 길이 아니거늘
아무 때나 오시게나
10월 상달 바람타고
오시게나

부근리 75톤 고인돌사진 앞
중절모 속 해설가가 웃고 있다
촌장 같다

순간

요양원 뒷산자락 나뭇가지 사이로
푸드덕 날짐승 날아가는 소리
어르신 귓전에 윙윙거린다

말없이 침대 끝에 앉아 있던 달님반 어르신
윙윙거리는 소리 따라 과거와 현재 오가기라도 하셨나
허공을 가르는 손길만 주춤거린다.
순간 "몹쓸 병" 이라고 툭 뱉어버린 외마디
어느 한 귀퉁이 기억만 돌아온 듯한 말 한마디
크게 켜놓은 텔레비전 소리에 묻혀버린다

침대 끝에 스며든 한 줌 햇살
손등 위로 비춰지고
꽉 움켜지지 못한 주먹으로
굵은 눈물 훔쳐내는 어르신

침대 삐그덕 소리만
달님반 천장으로 메아리친다

빵 한 조각

기한 임박한 제과점 빵 한 조각
제멋대로 나뒹굴고 있다
검버섯 피어난 듯
드문드문 빠져나간 부엌 타일 조각 위에서

어쩌면 앵두 빛 입술과의 만남도 있었을 것이나
한 순간의 시차로 두 손에 잡히어
이곳으로 왔다고 낙담하고 있었을 터
그것마저 순탄치 못하고
그 누구의 입술하고도 만나지 못한 채
타일 조각 위를 나뒹굴 줄이야

부풀대로 부풀었던 맘들도
단내 풀풀 풍기려 애썼던 맘들도
소지 태워 훌훌 날려버리듯
듬성듬성 알 배인 옥수수 내팽개치듯
핏발 선 휑한 노인네 자신의 모습처럼
나뒹굴고 있다

나뒹굴게 한 그 심보
처음에는 단내에 취하여 입안에 천천히
씹는 맛도 즐겼으리라
울컥거리던 맘들이 기도와 식도 사이도
오갔으리라
정신 빠져나간 육신을 자책하는 순간
물끄러미 바라보는 눈가에 이슬 말라버리듯
스르르 미끄러져나간 빵 한 조각

다시 집어 드는 손등 위로 짙은 검버섯
먹구름처럼 피어오르고 있다

그 섬에는 그녀가 있다

연육교 지나 섬 끝자락
차가운 달빛처럼 가라앉은 대지 위
허연 서릿발 듬성듬성한 길 따라 걷노라면
기지개 활짝 펴는
느티나무 한 그루와 마주친다

햇빛 아래 무성했을 푸른 이파리
하늘 마중 떠나보내듯
멈추지 않는 각혈을 지켜보아야 했던
혼미했던 시절
수초 앞 마른 갈대 서걱거리는 듯한
불쏘시개 같은 마음 한줄기
포구에 일렁이는 수평선 한 조각에
실려 보내던
긴 머리 가르마 선명한 여인네
물기 머금은 눈망울 걸려 있다

이마 사이로 흘러내리는

몇 오라기 머릿결
해조음 나는 여인네
느티나무가지에서 깍깍거리는 까치 반주 음이
천상의 소리인양 정겨운 아침
간지럽게 다가오는 해풍 맞으며
올려다보고 있다

오동나무 상자

몇 번이나 오동나무 상자를
열어 본 것일까

색동옷 끝동에 매달려 있는 얼룩점 하나
표정 없는 멍한 시선
한달음에 달려와 내리꽂힌다

연분홍 연지곤지 피었다 사라지는가
말아 올라갈 듯한 입술 끝이
벙싯거리는 아기 입술마냥
배시시 벌어지는가 싶더니
고추당초보다 매웠던 시집살이
기억해내었나

야무지게 앙다물어지는 입술
눈가에 경련은 파르르 파도를 타고
작은 어깨 들썩거림조차
자유로울 수 없는

하루하루가 지나간다

종종걸음치며 되돌아치는 5병동 앞
오동나무 상자
가슴에 꼭 껴안은 그녀가 있다

고라니

철 대문 밀어 젖히니 비무장지대다
남과 북의 길목처럼
먼지 뿌연 마룻바닥에
외 길 한 줄 늘어져 있다
안방 건넛방 어찌어찌 오갔나 보다
삐거덕, 사립문소리 들었을까
호기심 반 두려움 반
삐죽이 내다본 부스스한 하얀 머리
누구일까 알 듯 모를 듯
알만한 인연들 모두 불러들이나
실타래처럼 점점 헝클어져간 기억의 질서들
상처만 수북한 수풀 위에 올려놓고
빈 하늘만 바라보는 초점 없는 저 할머니
남북을 오고가는
영락없는 고라니 한 마리 같다

밤새

웅크린 등허리 내려다보고 있다
개가한 며느리 문갑 앞
작년 가을 문창호지에 달라붙은
코스모스 잔영이 희끄무레하다

2평 남짓 작은 방안 온 밤을 지새웠나 보다
흔적 없는 냄새에 익숙한 듯
흘러내린 촛농 둔덕 쌓은 듯
촛불시위 받으며 문갑 위 성모님상과
온 밤을 지새웠나 보다

쇠꼬챙이처럼 가늘어진 다리 풀어놓으며
오도카니 앉아보는 할머니
무릎걸음으로 다가가 살며시 잡아준 손
꽃 이불 밑으로 가져가는 할머니

촛불향기처럼 번지는 따스한 미소와 소통하는 아침
분주해지는 요양보호사
뜰 안 이름 모를 새 울음소리 정겹다

101동 101호

요양원 101동 101호 앞
한쪽 벽면 차지한 통유리 있다
바깥세상 통로 같은 통유리가
속 트임 가져다주는 병상
넝쿨장미 기지개 켜는 소리와 함께
5월의 하루 깨어난다

천근만근 눈꺼풀 올려보려 애를 써보는
가물가물 들려오는
자박거리는 소리
침상 아래로 파묻히는가 싶더니
등허리에 시원한 손길 와 닿는다
할머니! 할머니! 연거푸 외쳐대는 소리
귓전을 시끄럽게 간지럽힌다
시원한 손길 눈가에 머물자
구십 팔세 할머니
생기 잃은 검은 눈동자 속으로
넝쿨장미 한가득 들어앉아 있다

코끝에 장미향이 나는 듯 마는 듯
한결같은 아침은
하루를 일으켜 세우고 있다

어느 사이 밥그릇 들려있는 손
입가에 아른거린다
구수하다

침샘을 자극하는 구수함보다
더 구수한 옛 기억들
덥석 입 안 가득 번져가는 진한 구수함
고향의 땅내가 이보다 더 구수할까
고향의 땅내가 그립다

한식날 한 식경에

한식날 논물은
비상보다 더 독하다던 할머니

굽은 등은 밭고랑 뒤엎은 것만큼 주저앉고
손등은 버짐나무 껍데기 같고
터럭만큼의 손길도 거부한 채
부뚜막 가마솥에 불 지피던 할머니
검정고무신 타들어가는 것도 모른다더니
이승의 끈 슬쩍 놓아버리네

한식날 논물은 살 베일 듯 차가운데
피우지 않은 부뚜막 아궁이
솔가리 재만 푸석거리네
임종 못 본 자손들 한 차 가득 싣고 온
한식 제사상이 첫 제사상이 되었네

꺼이꺼이
용마루 위 초혼가 소리

서럽게 산등성이 너머로 흩어지고
산불이 났나
할머니 혼령인가
너울너울 붉은 구름만
산중턱을 무심한 듯 지나가네

할미꽃

96세 할머니 누렁이와 살다가 갔다
장조카 가슴팍에 앞세운 영정사진 옆으로
누렁이 함께 걷는다
알록달록 꽃상여 옆에 누렁이
빛깔 잃은 털이 까칠하다
작은 개울 옆 미동조차 없는 누렁이
영정사진 눈앞에 세워본다
눈물샘에 어리는 눈물 한 방울
누렁이 눈이 찔끔거린다.
문상객들 눈물 훔쳐낸다

일찍 나온 낮달 초승달이 흐릿해 보이던
작은 등성이 할미꽃 널브러진 곳
황토 빛 봉분 앞에 미동조차 없는 누렁이
흐릿한 잿빛에 저당 잡혀 있는 듯
탈진한 누렁이 털빛 같은 세상
49제 언제 지났나
힘없이 고개 숙인 할미꽃

할머니 분첩향기라도 맡았나

쿵쿵거리는 누렁이

초승달 언저리 잿빛 별 하나 흐릿하게 반짝거린다

한 달 열흘 만에

A동 요양원 어르신
꽃봉오리 가득 찬 꽃상여 타고 갔다
딱 한 달 열흘 만에
병간호차 들어온 할머니 순백 같은 영혼
꽃상여 옆자리에 동승하였다
먹먹해지도록 치밀어 오르는 슬픔 한 덩이
차마 뱉어 내지 못하고
마디마디 근육 붙잡고 놔주지 않는
쉴 새 없는 단근질 같은 고통
온몸을 내리쳤으리라
표시 나지 않는 통증 입안에서 삭혔을 할머니
구석구석 꼭꼭 숨겨놓았던
혼자만 꾹꾹 누르며 다독이며
들여다 보았을 괴력 같은 통증
쓰나미처럼 밀려왔으리라

아주 긴
어르신과의 시간 속 여행을 위해
한발 한발 그 먼 길을 급하게 갔다
딱 한 달 열흘 만에

3부

분유

24시간 박달동놀이방

사방 12자 방 안
아랫목에 4명 윗목에 4명의 아이들 잠들어 있다

머리 밑으로 손을 괴고 자던 아이
입술 언저리 삐죽거린다
손을 빼어 허공중에 허우적거리다가
음냐 소리를 내며 다시 잠드는 새벽녘
두 팔 벌려 자던 아이
손가락 끝이 입속으로 들어간다
벌떡 일어나
유명한 박사 이름 들어간 1000cc 우유
냉장고에서 꺼내어
천사그림 그려진 젖병에 쪼그리고 앉아 따른다

소장을 자극시키는
쪼르륵 쪼르륵 생명 같은 소리 들어간다
왼손에 안아 일으키고 오른손으로 입가에
살랑살랑 대어본다.

앙증맞은 혀끝으로 잽싸게 빨려 들어가는 젖꼭지
눈도 뜨지 않은 채 작은 입술 오물거린다.
온 우주를 움직일 듯 오물거린다.
어느 순간 포만감에 눈을 뜬다.
마주보는 눈가에 기분 좋은 미소 지나간다
다시 스르르 눈을 감는 아이
요 위에 살며시 뉘어본다
세상에서 가장 편한 자세로 아기 가슴을
토닥거리며 눕는다.

순간 영등포 다가구주택 2층 놀이방에
뉘어졌던 많은 아가들이 주마등처럼 떠오른다
신도림 구로 가리봉 석수 관악 역을 지나
안양역하고도 박달동
24시간 가정놀이방 아가들을 만나는데
40년 6개월 걸렸다
그리고
60만 안양인구센서스 조사에서 당당히

이름 하나 올렸다.
60만 안양인구 속에 끼겨 있다.
안양 팔경 속에 푹 파묻혀 있다

개나리를 닮은 환한 노란마음으로
은행나무열매의 야무진 노란마음으로
힘찬 독수리 날갯짓 따라
수리산 행군을 하며 안양시민이 되었다

쌍둥이 자매

시간 연장반 아이들
하나 둘 엄마 손 이끌려 돌아간 시간
쌍둥이 자매만 하늘반 창가에서
밤하늘 올려다보고 있다
음력 열사흘 달이 되고
계수나무가 된 등 뒤로
쌍둥이 언니 술래가 되어 온기 나누는 밤
교구장 뒤에 숨은 동생 찾아내더니
보이지 않는 엄마 안듯 얼싸 안는다

물기 머금은 엄마 목소리
밝고 경쾌한 초인종 소리와 함께
자매의 가슴속에 오롯이 꽂히는 순간
반짝 안아 올리는 부드러운 손
함박웃음 지으며 열사흘 달과 마주하는
시간 연장반 쌍둥이 자매
그 눈빛만으로, 그 온기만으로
처진 엄마 어깨 위로
별빛 무지개 모락모락 피어오른다

푸른 동행

금정동 22번지 현관문 열어젖히면
14세 아이 속사포처럼 달려든다
낯익은 얼굴 위로 푸른 물살 넘실거리고
마주치지 못하는 시선은
레이더망에 잡히지 않는 잠수정 같다
종잡을 수 없는 녹조 속에 갈팡질팡하는
숨겨진 물살 속을 유유히 흐르는
잔잔함은 입술 끝으로 모아져
포만감에 가득 찬 미소 끌어낸다
기 다 렸 어 요↗
대 야 미 가 여↗
하이소프라노 음성이 한 옥타브 올라가
오선지를 타고 논다

경쾌한 리듬 되어
2인 삼각 하듯 발걸음 맞추는 내내
혼자만의 언어로 멋진 화음 엮어낸다
으뜸화음으로 영국사 가여↗

버금딸림화음으로 이집트 피라미드 가여↗
딸림화음으로 헬렌켈러 일대기를 줄줄 꿰찬다
흥에 겨워 들썩거리는 아이의 어깨춤이
기분 좋은 파도타기를 하고 온 물미역처럼 신선하다

상큼한 시선 마주하며
너 무 잘 했 어 요↗
하이소프라노 음성으로 화답하며 귓불을 간지럽힌다
집채만 한 해일이 달려들듯
온몸 체중 기분 좋게 다가온다
바다 속 깊숙이
우주 끝까지
스펙트럼처럼

분유

햇살도 졸음에 빠진 오후 4시경
놀이방에 온 8개월 된 아기 엄마
빗살무늬 같은 눈인사 건네고
썰물처럼 현관문 빠져 나간다

아기와 눈 맞추며 옹알이 한번 없는
여우꼬리 같은 뒷모습만 길게 남긴 채
24시간 지나도록 감감 무소식이다
연결음조차 들리지 않은 무심한 전화기 앞에
가슴 콩닥거리는 시간 지나가고 있다

하루 이틀 사흘 나흘
엄마의 손길 기다리다 지쳤는지
아기의 칭얼거림 점점 커진다
유치장 창살 사이로 마주쳤던 붕어빵 아빠
아기 한번 쓰다듬지 못하는 손등 위로 떨어뜨린
눈물의 아픔만큼 보챈다

가벼운 하늘 하얀 베일에 가려진 날
갑자기 울리는 초인종 저편 아기엄마 목소리
닷새 만에 듣는 천상의 소리 같다
꼼지락거리는 아기의 손짓 발짓
창문 너머 희미한 낮달이 웃고 있다
양손에 들려진 분유통 아기도 웃고 있다

뱀

탁류처럼 휘몰아쳤지
미끄러지듯 상수리나무를

잔챙이 가지 젖혀지고
꼬리 끝에 치받친 잎사귀
여린 음성으로는 차마
뱉어내지도 못하고
온몸으로 신열만 껴안고 있는
등걸만 남을 정도의
폭풍우 같았지

스르르 미끄럼 타듯 달려온
세월 앞에 무색하듯
휘몰아치는 거대 물체 앞에
완전 속수무책이었지

미끄럼 없이 갈 수 없는 작은 나라에
분홍과 흰색의 올챙이밥 꽃이 지천인 곳에

제약회사에서 튕겨져 나오는
미끈거릴 만큼 어지럼증을 유발하는
이상야릇함이 후각을 자극하는
너른 습지 위에서
안식이나 배울 것이지

등껍데기 찰과상도 모자라
밑동조차 뿌리째 뽑혀 놓고
신음조차 내지를 수 없도록
하고 싶은 거지
하고 싶은 거지

소

가마솥에 끓여낸 쇠여물
구유에 쏟아 붓는다

만찬인줄 아는지 맛나게 먹는 소
킁킁거리는 누렁이에게
애꿎은 부지깽이 한 번 휘둘러보고
사랑채로 발길 돌리는 어머니 뒷모습
좁은 어깨가 한 뼘은 내려앉았다

자리끼 한 사발 들이켜는 밤
열아흐레 기우뚱거린 달님 사이로
헤드라이트 불빛 요란하다
머리끝까지 뒤집어쓴 이불도 소용없는 듯
구슬픈 울음소리
두 귀 잡아 뜯으며 끌어 내린다

천근 어미 소
마지막 구수한 쇠여물

기분 좋은 되새김질이라도 했을까
더 이상 슬플 수 없는
애간장 끓는 소리에
소쩍새 우는 소리마저 잦아든다

이불 끝자락 돌돌 말아 움켜 쥔
마디마디 굵어진 어머니 손
수전증처럼 떨려온다

잇몸이 소리치다

잇몸이 소리치다 의치에게
잘 맞추어 보라고
벌어진 잇몸 틈새 사이로
시린 바람 들락날락해도
씹는 즐거움 사라짐보다 서러울까

의치가 되어 잇몸에 꿰맞추려고
얼마나 많은 실랑이를 벌여 왔을까
맞추고 싶어도 맞춰지지 않는 것은
몇 푼 아끼려 야매 업자와
거래한 까닭이리라

맞추지 못한 의치와 잇몸
부어터져 노려보는 듯
세상 낙 잃어버린 듯
시신경에 핏발 솟구치듯
팔뚝엔 서슬 퍼런 혈관 도드라져도
살살 달래서 끼워드린 의치

오물오물 씹기에 재도전장 던진
어머니 얼굴 위로
햇살 받은 토끼장 앞에
당근 모이 주던
외할머니모습 겹쳐진다

회전의자

아침마다 울려대는 괘종시계 소리
무디어질 무렵
사거리에 꽃집 개업한 어르신
꽃바구니 배달 마수걸이 주문에
심장 속 혈관 기분 좋은 박동소리 듣는다

학교 가는 모퉁이 길
보도블록 해말간 얼굴 내밀어
외출을 축하하고
키 재기가 필요 없는
잔잔한 미소 머금은 조팝나무
등굣길 아이들 표정만큼이나 풋풋하다
연분홍 부끄러움으로 살짝 고개 숙인
철쭉꽃은 새악시 볼처럼 붉게 타오르고
오래된 느티나무는 한결같은 듬직함으로
운동장 가장자리에서
염화시중 같은 웃음 선사한다

거스릴 수 없는 정년 앞에
심장이 발 벗고 나선다고
버둥거리는 가슴 안아주던 회전의자
반 학기 내내 가시방석 같던 회전의자
빙글빙글거리는 사이로 꽃바구니 꽃 이파리 하나
송골송골 땀 훔쳐내는 어르신 발등 위로 떨어진다

꽃바구니 두 개 오전 배달 쪽지가 덩달아
기분 좋은 낙하를 서두른다

곡암부락 아버지 1

해풍 없이 맑은 날이면
바라보인다는
북쪽하늘 아버지 고향

기름진 옥토
맑은 물
깊은 계곡
유년의 추억을 묻어둔 곳
후일을 기약하며
남하하여 정착한
강화하고도 곡암부락
아버지 고향
나의 고향

피어린 육백리 삼팔선은
아직도 견고한데
등 굽은 아버지 뒷모습은
언제나 펴질까?

육지로 시집간 딸네 집보다
썰매 타며 얼음지치던
북쪽하늘 한 동네를 바라보고 계실 아버지
손수 짜주었다는 할머니의 귀마개는 장롱 속에서

묵은 흔적만 솔솔 피우고
그 흔적만큼이나
두터워진 아버지의 그리움
고향 마을
두메산골

곡암부락 아버지 2

밀 보리 여물기 시작할 소만 때쯤이면
참새꼬리만큼 여유가 생긴 아버지
해무 걷힌 바다에서
북쪽 산하에 눈길 떼지 못하던 아버지

예성강 사이로 마주보며 아랫말 윗말처럼
마실 다녔다던 연백 그리고 곡암부락
터 잡은 40여년 세월이
슬라이드 필름 속에 되돌리기를 하네

무지갯빛 피어오르는 듯한 물꽝을 지나
보랏빛 제비꽃 수줍음 피어내는 둔덕을 지나면
머르메 부락 노란 수선화는
멀리 수정산 아카시아향기에
설익은 여름 미소 띄우네

하얀 탱자나무 꽃잎은
망향대 철조망 사이로 뿌옇게 일어나고

뾰족한 탱자나무 가시는
아버지 한 세월 담아낸 듯
굳은살 박힌 손바닥만큼이나
단단함 느껴지네

푸드덕 삼선리 백로가 소식 전하려는 듯
눈부신 기지개로 아침을 열어젖히며
북쪽을 향한 힘찬 날갯짓 하네
할머니로 향한 아버지 맘을 아는 듯

실향민이란 벼슬 하나 부여잡고
뒷짐 지고 서 있는 아버지!
좁아진 등 뒤로 실눈 같은 흰 달이
꽃구름 기차 속으로 슬그머니 사라지네

곡암부락 아버지 3

아른거리는 은물결 물꽝 사이로
햇살 좋은 아침이 내려 앉는다

줌렌즈 따라 셔터 눌러지듯
따라온 인사리 망향대
아버지 흐릿한 초점이 연백하늘 날고 있다

아침 강물 헤치고 올 때
백설기 한 덩이 고의춤에 고이 감추어 주던
할머님 생각났을까?

은회색 빛 머리카락은
도수 높은 안경 앞에 아른거리고
망원경 넘어 황해도 연백평야자락은
그리움 되어 넘실거린다

소담스러웠던 하늘빛 흰빛 소국
기억 속에 잡힐 듯 머릿속을 헤집고

함께 한 반세기 세월은
방앗간 물레방아소리조차 빼앗아갔다

힘찬 날갯짓하는 철새들 소리
고향집 들마루 삐걱거리는
애꿎은 소리 같아
정겹고 분주하다는 아버지

저 멀리 갯벌에 불붙는 듯한
나문재도 그리움에 고개 숙이고
망향대 깃발만 올려다보는
아버지 눈에 그렁그렁한 눈물

영등포중앙시장

온 세상이 고요히 잠든 새벽
희망의 기지개가
선하품을 하며 일어나기를
재촉하는 곳

분주히 오가는 리어카 바퀴 소리가
온 우주를 깨우듯
보관소 아저씨의 단잠을 깨운다.

한 자나 넘는 삶의 보퉁이
어깨판에 올려붙이고
한 발 한 발 내딛는 발걸음이 힘차다

형형색색의 옷가지들은
세 평 남짓 좌판에서
한껏 멋을 피우고
송골송골 맺힌 이마의 땀은
희망찬 하루를 위한 전주곡이리라

여명은 어김없이 동터 오르고
큰 가방 둘러멘
투박한 손길이 작업복에 머무른다
새벽 기차 타고
짠 내음 몰고 온 충청도 고향 분의
마수걸이에
오늘 하루도
힘차고 신명 나게 시작할 수 있는 곳
영등포중앙시장

요지경

손가락 지문 퍼지듯
퍼져나가는
땅 속 세상은
씨줄 날줄 정교하게 얽혀 있을까

딱따구리 딱딱 소리 리듬 맞추어
활강하듯 휘돌아 치는
나무 속 세상은
수액처럼 매끄럽기만 할까

횡격막 짓누르는 듯한
명치끝 후벼 파는 듯한
이 알 수 없는 통증의 세상은
생각의 전환으로 이겨낼 수 있을까

어느 세상이든
요지경 같다

4부

튀밥

씀바귀

불을 질러대던 묵정밭 언저리였을 게다
겨우내 질기고 질긴 뿌리 감싸 안느라
지상에 수분 모두 끌어내려 안간힘 썼을 게다
아, 소리 한번 내지르지 못하고
불길에 휩싸 일 때
지표의 훈훈함
봄의 훈풍으로 알았을까?
뿌리 끝에 모여앉아 도란도란
긴 겨울 사랑방 얘기는 끝이 없어라
혀 안에 감도는 달콤한 얘기는
잠시 접어두고
혀끝에 맴도는 쓴맛 찾아
길 떠나는 어머니
허리춤 추스르며 굽혔다 폈다 하기
수십 번
봄 한철 입맛 돌게 하는 것은
씀바귀가 최고인 거여

풍물재래시장 한 귀퉁이
시나브로 다가온
야들야들해진 봄 햇살이
실룩이는 눈썹과
마주하고 있다

묘도의 밤

오소리 모양 같은
고양이 모양 같은
묘하게 생긴 그 섬에 그녀가 있다

한 움큼 움켜쥐어 틀어 올린 머리 모양이
묘한 묘도에 그녀가 있다

겨우 무인도 벗어난 그곳
196미터 낮은 산 벗 삼아 사방으로
확 트인 그곳에 산나물 캐며

밀물 썰물 드나들며 남겨놓은 흔적 찾아
굴 깍지 바위 옆 느티나무를 좋아하는 그녀
맨발로 다져진 발뒤꿈치 갈라짐처럼
마음 한쪽 갈기갈기 찢기고

태풍으로 움푹 파헤쳐진 가슴속은
묘한 묘도에서 묘하게 치유되어 간다지만

수마가 할퀴고 간 흔적
묻혀버린 살 부벼대던 피붙이들은
아직도 숯검댕이로 남아있는

한밤의 어둠으로 하여
불빛이 보이니까 섬이려니 하는
건너편 섬 한참을 지나 고기잡이 나가는
한밤중
눌러쓴 모자 사이로 한 올 머릿결이
외로운 양 부르르 떨다가
집어등 켜지자 깜짝 놀라 쭈뼛거린다

정작 쭈뼛거리며 보내야 했던 세월은
무심하게 펼쳐있는 그물망 안에
꼭 갇혀 있는 듯한데

입덧

누구를 위한 선혈인가
한여름 밤
붉은 꽃술은
차디찬 달빛에 꽉 다문 입술로
무언의 시위를 하고 있다

볼록해진 7개월 배 끌어안고
들척지근한 입맛 다시며
짧은 여름밤 내내
샐비어 꽃밭 언저리
서성거리는 그림자

하늘과 땅이 맞닿고
양손에 움켜쥔 막대사탕 같은
달콤함만 끌어안고
더 뒤척이며
더 지새워야 하는

3개월이 3년만큼이나 길었던 날들
하늘 문 열리고
붉은 꽃술 열정으로 흩어지던 시간들
유년의 단물까지 뱉어내고 있다

어느 날 늦은 오후

고향 집 뒤꼍 처연히 고개 숙인
찔레꽃 사이로
마지막 시외버스 시간 동동거리며 쫓아온다

찔레꽃처럼 구부렸던 오금
쭉 펴보기도 전
한낮 쇠잔등에 파리 떼 달라붙듯
달라붙는 삼 남매들
숨까지 헐떡이며 착 달라붙는다
삼 남매들 우는 소리에 놀란 외양간 옆
복날 맞춰 통통하게 살 오른
개똥이 그악스럽게 짖어댄다

장딴지 부여잡은 야들한 손
살며시 잡았다 눈가로 가져가니
오금은 절로 펴지고
배시시 웃는 아이들 어깨 너머로
박꽃 넝쿨 싱그럽다

털털거리는 시외버스 엔진 소리
기분 좋은 메아리 되어 반사되는
굴뚝 사이사이로 흰 연기 피어나고
주홍빛 능소화 처연하게 미소 짓는
어느 날 늦은 오후

종탑

포구로 가는 농로 옆
낡은 종탑 토혈하듯 서 있다

타국에서 벌어들인 뭉칫돈
진눈깨비 흩날리듯
지병에 쏟아 붓고도 모자라
개망초꽃 흐드러진 종탑 언저리
안쓰러운 미련 안고
서성거리고 있는가
삼형제 미션스쿨 제복 속에
품고 다니던 종소리만
위안이었지
위안이었지
각혈 같던 세월 견디는

썰물에 침묵하고 밀물에 우뚝 서 있는
새우 잡이 어선처럼
들썩거린 세월 앞에 솟대처럼

높아만 보이던 종탑
포구 앞에 펼쳐진 갯벌
따라온 종소리만
나부끼는 나문재
푸른 이파리로 키워내고 있다

십전대보탕

과년한 딸 시집갔다고
덩실덩실 춤추더니
몇 개월 후
딸 앞세워 경동시장 가는 친정어머니

꼬깃꼬깃 흰 종이에
연필로 눌러쓴 검은 글자들
숙지황, 백작약, 천궁, 당귀, 인삼, 백출, 백복령,
감초, 황기, 육계
십전대보탕은 사위사랑 장모님
피할 수 없는 선택이라는 친정어머니
추상같은 이론

구부렁구부렁 길 휘돌아 온
고향 산기슭
소나무 아래 자생하는 고사리 같은
은은한 모습 내팽개친 지 오래인 듯
소나무라도 쓰러뜨릴 듯

친친 감겨 올라오는 칡넝쿨에만
하염없는
눈길 주던 친정어머니
굳은살 박힌 손바닥사이로
주름진 이마에 흘러내리는 한 올 머리카락이
가슴을 후벼 파는

원기왕성 십전대보탕 대신
쓰디쓴 칡 줄기 질겅이게 했다면
한 줌 같았을 富
칡뿌리 같은 단단함으로 옭아맬 수 있었을까

칡차의 깊은 쓴 맛이나 알게 할 걸

손 경대

자리 保全하고 있을지언정
손 경대는 봐야 했다

얼레빗 대신
한삼 모시 씨줄날줄만큼이나
촘촘한 참빗을
고집하던 외할머니

백사장 길 따라
똑딱선 타고 다녀온 장날
한잔 술에 붉어진 외할아버지 넓적한
손바닥 안에 쥐어졌던 은비녀

쌈짓돈 허리춤에서 뱉어내고
고이고이 쥐어든
방죽 따라 까치놀 속에
보고 또 보았을 은비녀

은회색 빛으로 물들인 긴 머리
참빗으로 빗어 내리며
다시 집어든 손 경대
할머니 손에서 움찔한다

양 볼에 연지곤지 찍은
족두리 쓴 선홍빛
수줍음 선명한
새색시가 움찔한다

외할머니 이마에 주름살
영락없이 움찔거린다
힘없이 놓쳐버린 손 경대
가쁜 숨 몰아쉬고 있다

외할머니

곱게 빗어 올린 쪽진 머리에 은비녀 꽂고
옥색 치마저고리로 단장한 외할머니와
곡마단 구경 가던 날
긴 뚝방으로 이어진 모랫말 시장 끝자락엔
잿빛 천막 둘러쳐지고 잡음 섞인 나팔소리는
온 동네 사람 발걸음 재촉하네
높은 천장에 거꾸로 매달린 곡예사
익살맞은 원숭이 묘기
키 작은 사람들 신기에 가까운 재주
외줄타기에 가슴 졸이는 곡마단 구경 한마당
투박한 외할머니 손잡고 정신없이 구경할 때
장대 든 빨간 코 아저씨의 어린이는 나가라는 소리에
울상이 된 외손녀 2폭 반 치맛자락에 숨기고
시침 뚝! 잡아떼는 외할머니
치맛자락 살짝 들추고 두 눈만 반짝 반짝
언제 보아도 멋진 곡예사들의 묘기
어느새
긴 뚝방에 걸려 있는 고운 석양빛

생인손

장지 손가락 손톱 밑
고 손톱보다도 작은 것이
머리끝부터 발끝까지
온갖 세포들 넌덜머리나게 한다

불순한 바이러스 침투
점령당한 붉은 살갗
일침 가한 수지침 끝에 묻어난
목련수술 같은 노란 흔적

작은 구멍 하나 사이로
꽃 수술 너울너울
살포시 홍조 띄운 미소로
큰언니 얼굴 수군거림 거두어간다

샹들리에를 장식한 붉은 빛 같은
붉은 딱지와 함께 하던 날
보퉁이 속에 쟁여간 노란 양푼만 한 생채기도 있는데
손톱 밑 그것이 뭐 대수더냐

바지락

어머니 몸뻬를 잡아끌면
비릿한 갯바람 몰려온다

진회색 갯벌에
한걸음 다가서면
두 걸음으로 비껴가는 세월

자리보전한 아버지 주름살만큼이나
깊게 패어진 갯벌
빼꼼히 고개 내민 바지락 사이로
한줄기 희망이 지나간다

막내아우 마지막 등록금이 되고
아버지 한달치 약값이 되고
오늘 저녁 뚝배기 속 건더기가 되는
통통한 바지락 살이 손끝에서
간지러운 듯 헤엄친다

저녁나절
개다리소반 위로
젓가락 부딪치는 소리가
어머니 깨끼적삼에 불어온 갯바람만큼이나
시원하게 들리어오는

굴뚝타고 올라간 주홍빛 능소화가
성급하게 일찍 나온 반달과
눈인사를 하는
하늘 향한 누렁이의 힘찬 외침이
온 부락에 울려 퍼진다

튀밥

덜덜거리는 시외버스 엔진소리 같은
신음소리 내뱉던 튀밥기계
뻥이요 소리 굉음처럼 들리던 날들

5일장 7일장으로
역마살 도진 역신처럼 돌아치던 날들
온 동네 악동들
뭉게구름처럼 피어오르는 연기 속으로
헛손질 분주하다

몇 번이나 하늘가에 뭉게구름 피어 올렸나
뻥이요 소리 싫증 날 무렵
찰찰 넘치는 바구니 속 튀밥
한 이불속에서 부대끼며 장난질 해대던
남매들 든든한 요깃감이다

대청마루 끄트머리
새우잠 자고 일어난 막내 녀석

눈도 안 뜨고 바구니부터 바싹 끌어당긴다
눈 깜짝할 사이
볼우물이 불룩하다

당산나무 아래 초로의 신사
움푹 팬 볼우물 사이로
꿈쩍거린 세월 그림자만
서성거리고 있다

골목길

명주실 같은 햇살이
과자 봉지에 머뭇거리는 골목길
울퉁불퉁 보도블록 밑자락
입에 물다 놓쳐버린 과자 하나
속살 내놓은 채 나뒹구는

회색빛 지붕 깨진 기와 한 조각
굴뚝새가 쪼아놓고 간 흔적인가
생채기 난 굴뚝만
온기 잃은 채
침묵하고 있는

놓쳐버린 과자도
생채기 난 굴뚝도
흙 담은 스티로폼 폐품 상자 위
그림자마저 삼켜버린 꼬챙이와
기다림을 배우고 있는

아침놀 따라 내려왔을
경사진 골목길
떡이 째 덥석 안은 호떡인가
누런 봉투 부여잡은 투박한 손
주홍빛 따스함이 스며 있는

쪽진 머리 위로
틀어진 똬리
얼기설기 엮은
광주리 틈새 사이로
한 마리 고등어 눈빛이 서글프다

고사리

새벽녘 헛기침 소리
사랑방 아궁이 통나무 타들어 가는 소리와
맞물린다

타다닥 후르르 타다닥
산새 한 마리 양철지붕 위로
하루를 열고
뒷짐 진 아버지 산에 오른다

한 줄기 한 줄기 투박한 손에 꺾여지는
고사리 두 움큼
검정고무신 코끝에 묻혀지던 흙들
음력 사월 스무이렛날
온몸으로 맞이한 아버지

지금쯤 산새 소리 듣고 계실까

5 부

한낮

남산포에서

남산포 앞 갯벌에 걸쳐있는 닻 하나
상어 이빨 같다

하얀 낮달이 진저리치듯
낮은 구름 속으로 숨어 버린다

찢어진 그물 갈무리하던 순일네 할머니
젖혀진 허리 사이로
베어내지 못한 밤나무 이파리가
물갈퀴처럼 달려든다
허물 벗겨진 산나방처럼 달려든다

겹쳐지는 손주 얼굴
애꿎은 부레에 생채기 난 물고기들만
서벅서벅 뒤집고 있네

꾸둑꾸둑 말려질 때쯤이면
상어 이빨 같은 닻이 올려지려나

하늘 팔레트에 짜놓은 먹구름 물감은
좌골신경통만 유발하네

차라리 흙비되어 내려라
석 달 열사흘 쉼 없이 내려라

무뚝뚝한 손주 순일이
노란 긴 장화 신고 뱃전으로 걸어가는
환영이라도 보았을까?

굵게 주름진 눈가 사이로
상앗빛 눈물 손등을 적시네

청계천 평화도매시장

두드려 맞은 북어포가
빛깔 좋은 계란에 휘감기고
코끝을 벌렁거리게 하는 구수함으로
아버지 해장을 한다

함께 나선 새벽 골목길
시보레 헤드라이트 불빛 같은 가로등이 졸고 있다
온 몸으로 따뜻하게 감싸 안은 골목길
잽싸게 벗어난다

아침놀이
숙취 벗어난 아버지 얼굴처럼
환하게 밝아온다

한 계단 한 계단 아닌
두어 계단씩 건너뛰어야만 하는 곳
청계천 평화도매시장

빨간 립스틱 덧칠한 아주머니와
반백의 아저씨 흥정소리가
레일 위에 철거덕 멈춰진
기차바퀴소리처럼 딱 멈춘다

기다렸다는 듯
넓은 쟁반 위 뚝배기순두부찌게 내려놓는
소리에 내 손목 슬그머니 잡아끄는
아버지 이마에 송골송골 땀방울 맺혀있다

모퉁이 점포에 걸려있는 파란 원피스
내 눈을 잡아끌자
아버지 팔목을 부여잡아본다

야리 다마를 외치는 사이
살며시 움켜쥔 원피스 촉감이
엄마 품속마냥 달콤하고 포근하다

꽃무늬 비닐봉투에 담긴 파란 원피스
바다색 같은 하늘모양이 되어
기분 좋은 눈인사 건넨다

재색 빛 계단 퉁퉁걸음소리 요란한 평화시장 출입구
난간에 기대어 지게 둘러맨 아저씨들
중량 표시도 없는 콘크리트 벽돌 같은
무게가 느껴진다

양손에 들린 도매물건 보따리는
차라리 가볍다

미친다는 거

열화 같은 사랑이야기로
입술 주위 허연 게거품 이채롭다
분위기에 아랑곳 않는
미친 녀자 널뛰기하듯 하는 팬덤 이야기들
1번만 더 들으면 55번이다
아날로그와 디지털 넘나들며
온종일 1인 시위하는 여인처럼
이마에 띠 두른 사명감 있는 양
말끝에
손끝에
발끝에
귓불에 달고 산다
유명 연예인 CD플레이어도 게거품 물었나
찍 찌익 소리가
선잠 깬 아가 울음소리 같다
흐느적거리는 노랫가락 장단 삼아
뒤늦게 움직이는 손길
블랙홀에 밀어뜨리고 싶어진다

제부도에 가다

갯벌체험을 위해
제부도에 가다

조개껍질에 찔리고
집게 다리에 깨물리고
넓적다리까지 걸어올린 헌 양말 갯벌 흙더미에
고스란히 내주고도

온전한 조개 하나 못 건져 올리는
느릿느릿 게걸음질도 못하고
발바닥 상처만 키운다

바닷물에 씻기어 나가면 괜찮겠지
바닷물에 절여지도록 담가놓으면 덧나지는 않겠지
곪아 터질 대로 곪아 더 이상 터질 것도 없는
상처도 있는데
덧칠해 놓은 듯한 우윳빛 보송보송하던 피부
불어오는 갯바람에 실컷 유린당하고 있다

입 벌려 하늘빛에 웃음 머금다가
아닌 척 시치미 떼고
죽은 듯 멈춰 딴청 피우는
저 조개처럼
차라리 침묵하는 법을 배우고 싶다
우회하듯 돌아치는 게걸음이 부럽다

불어터지고 쪼그라진 연분홍빛 손발들
눈길 멈추자
갯바위에 붙어 있는 따개비 너털웃음
갯바람에 살랑거리고 있다

교동도에서

바닷물 걷히면 그대로 갯벌이 되는
교동도 월선포구 앞
꺼이꺼이 목청 좋게 울어 제끼는
날개 달린 것들과 동행을 한다

포르르 푸드덕 날갯짓하는 예쁜 새들
신작로 가장자리
비워있는 감나무 둥지 터 삼아
분주한 옛이야기 집어 나른다

폐선에 눈길만 하염없이 쏟아내던
가르마 선명한 어느 여인네
피울음 삼키던 순간들
살랑대는 해풍 한 자락에 쓸려 보내고

시렁에 오롯이 올려놨던
금 간 사기그릇 이야기
할미꽃 지천인 곳에

널브러져 앉아 들려주고 있는
날다가 날다가
농로에 주저앉고 싶을 때 쯤
할미꽃 전설 맘속에 품었던 날들을
봉분 속 주인공은 알까?

화개산 오름 하던 날

교동면사무소 옆 자락에 변전소 있다
그 앞으로 가면 집오리 꽥꽥거리고
그 옆으로 가면 화개산 자락 오름 하는 길
양 옆으로 보랏빛 엉겅퀴
수줍은 듯 고개 끄덕이며 아는 체한다

아기 볼살만큼이나 튼실한 빨간 고추는
풍만한 가슴으로 하늘보기를 멈추고
익어가는 가을 앞에 조신하게 서 있다
까치 깍깍거리는 감나무 이파리 덩달아
붉은 가을 익혀내고 있다

밤나무가지에 일렁이는 바람결에도
자라목이 된다는 20년 수절 은자엄니
약수터 지나 오름하고 내려오는 길
힘줄 선 팔목에 쥐어든 낫자루
어느새 인진 약쑥 뭉텅거리며 베어진다
가을과 버무려 산자락에 살짝 내려놓는다

내려놓기 위한 오름이었던가
산자락만큼이나 무거웠을 세월
한 줌 뚝 떼어
길섶에 흩뿌려 놓는다
산자락에 숨어든 노을빛
흩뿌려지듯 흩어진다

현충원 가는 길

휘장 덮인 긴 그림자 따라
추적추적 걸어가는 길
호랑가시나무 한 그루
턱 버티고 서 있다

뾰족한 가지 끝자락
걸쳐있는 시선 하나
만주 벌판에 울려 펴졌을
호랑이 발자국 소리라도 들었는가
압록강 변 꽁꽁 얼어붙은
바람 소리라도 들었는가
떼어놓지 못하는 발길
뇌수를 파고드는 흐느낌에
흐트러진 휘장도 울고 있다

한 시대를 풍미하고
한 세대를 아우르며
호랑가시나무 같은 단단함으로

무장되었던 독립유공자
그 후손들
백수를 바라보는 영정사진 앞세우고
호랑가시나무 앞을 지나쳐 간다
빠져나오기 힘든 터널 지나듯
되돌아 나올 그 길을 지나쳐 간다

희끗희끗한 맏상제 머리 위로
호랑나비 한 마리 급선회하듯 치켜 오른다

클릭하는 순간

클릭하는 순간
문 밖에 서성인 그림자
집채만 한 해일처럼 밀려 들어온다
정교한 사각귀퉁이 맞물림
중독성 안정제
무시로 혈관 투과하듯
성난 파도 드잡이하듯
백두대간 산맥 같던 마음산맥
잠 청하는 에미 닭
횟대 찾아든 듯 편안해진다

밀물 빠져나간 바닷가
구멍 송송 난 갯바닥 게딱지 흔적 찾아
그악스레 뒤퉁거린다
낚아챌 수 없는
다른 숨구멍 하나
짠물 서서히 토악질해대는
여유로움까지

석양빛 받아 홍조 띠는
양손에 움켜쥔 안정제 두 알이
멈칫한다

그 시간만큼은

주어졌던 그 시간만큼은
그 누구도 침범할 수 없었던
온전한 나만의 시간이었네

까만 하늘 언저리
속삭이는 별무리 속에
그리운 얼굴 마주할 수 있음에
따스한 추억 하나 온 가슴에 담았네

어김없는 여명의 순간
멀리 뱃고동 기적소리는
가슴속 한켠에 녹아들고
밝은 웃음 머금은 그리운 얼굴
두 손으로 감싸 안고 꾹꾹 두 눈에 담아보네

순간순간 떠오르는 얼굴로 자리매김해 갈 때
보고 싶어 젖힌 고개가 보일 때
하늘공원 뜰 안을 걷듯 할 테지

지독한 꿈이었으면
언제고 깨어날 수 있는 꿈이었으면
시간 속에 맡겨버리고 달아나고픈

온몸과 마음으로 지탱하기 어렵거든
올려다보라고 하려나
순간이나마 마주할 수 있다면 더 높이
웃음 머금고 바라보라고 하려나

고운 찻잔에 일렁이는
그리운 눈길 찾아갈 수 있다면
한잔의 녹차 한 모금으로
그 시간만큼 되돌아갈 수 있다면

숭어

비상하듯 물살 꿰차 오르는
비바람에 댓 시간이나 오르고
곤두박질치고
오르고
곤두박질치는
오름 하는 순간 곤두박질 생각 못한 우둔함
곤두박질치는 순간 오름 할 생각
언감생심 가둬둔 벌일까
뒤늦게 하늘과 땅이 맞닿을 듯한
세찬 물살 피하려
냅다 꿰차 올라보아도
보이는 건 짙은 녹조 빛으로 뒤엉킨 물살들
물살 가를 힘도 남겨놓지 못한
두 번 다시 엄두조차 못내는
가속도 붙은 곤두박질에
틈 없이 다가온
갈기갈기 찢긴
지느러미

더 짙어진 녹조 빛 같은 물살과
이웃하며
곤두박질 친 숭어와
긴 이별 연습을 한다

한낮

하늘이 물기 머금은 날처럼
팽팽하던 풍선 시나브로 바람 빠지듯
육신이 작정하고 보채고 있다

표시 나지 않은 게으름 더께는
어깨 위에 올라앉아 있다가
구름 사이로 살짝 고개 내민
한줄기 햇살에 깜짝 놀라 줄행랑친다

플라스틱 빨래판이 시냇가 돌 빨래판인 듯
팍팍 삶아낸 형형색색 빨랫감 올려놓고
오랜만에 해대는 방망이질
멍울져 있던 한 점 조각들 후련함 되어
등줄기 타고 먼 나들이 떠난다

영영 돌아오지 않을 것처럼
블랙홀을 향해 가는지 뒤도 안돌아보고
앞만 보고 걸어왔던 세월도
주춤거리며 잰걸음으로 따라가고 있다

으레 그러려니

태안읍에서 신온리 가는 시골길
고개 푹 파묻고 꽁지 내린 까치처럼
버스 한대 오도카니 멈춰 선다
으레 그러려니
장정들 서너 명 궁시렁 소리조차
정감 있게 들려오고
약속한 듯 버스 꽁무니에
나란히 손바닥 올려놓는다
사막의 모래알 날리듯 뿌연 흙먼지에
뒷걸음질도 잠시
시동 걸린 거친 엔진소리 신기루처럼 들려온다
두툼한 손바닥에 힘줄이 솟아오른다
기분 좋은 오라잇 소리에 줄줄이 올라타는 장정들
신온리 농민들 잠시 일으켜 세웠던 허리
으레 그러려니
솟구쳐 오르는 지열 다스리며 다시 굽혀진다
육중한 바퀴에 움푹 파인 곳
앉았다 일어선 어머니 몸뻬 자국보다 열 배만큼 크다
어머니는 몇 배만큼 쉬셨을까?

접는다는 거

색종이를 접고 또 접고
색종이가 뚫어지도록 쳐다보며
접고 또 접고

다시 풀어 제쳤다가
접고 또 접고
접은 부분 제 빛깔 안 나오도록 접다가

접기는 접은 종이접기 모양이
바래진 색깔 싫어서
풀어 제치기 전 모서리 맞추어 아주 접어 버리고

접어지지 않은 마음 하나 접은 듯
아찔한 현기증이 날 정도로
야멸치게 귀퉁이 맞추어진 모습

자신 없는 일탈을 합리화시킨 듯
틈새 없는 모서리에 연민이 느껴지는

다시 손에 들려진 예쁜 색종이
다시 접으려니 또 접고 살아내야 하는

처절한 마음 하나
안쓰런 그 마음 하나
하얀 포말되어 날아가 버리라고 소망해 보고 싶은

종이접기하듯 접어야 하는
알지 못하는 마음 하나
접어내야 하는 하루 또 하루

발끝마다 詩가 묻어난다

— 박명화와 사람들

배 준 석

(시인 · 『문학이후』 주간)

詩길따라

머리로, 지식으로, 상상으로 詩 쓰는 사람들이 있다. 머리는 기교를 많이 부릴 가능성이 크고 지식은 잘난 체하거나 다소 딱딱한 느낌을 줄 수 있으며 상상은 허망한 공간을 남겨 놓을 수 있다. 반대로 생각하면 머리는 다양한 표현을 맛볼 수 있고 지식은 아는 즐거움을 줄 수 있으며 상상은 생각의 윤기를 느낄 수 있다. 그렇다고 꼭 머리로만, 지식으로만, 상상으로만 쓰지는 않는다. 지식에 느낌을, 사실에 상상을, 상상에 환상을 넣는 등 적당히 섞어 쓰기도 한다. 다만 어느 것이 많이 들어 있는가, 어느 쪽을 많이 쓰는가에 따라 詩세계가 구분된다.

남과 다른 詩를 쓰기 위해 시인들은 다양한 방법을 찾아 언어 여행, 표현 여행, 생각 여행, 상상 여행을 떠난다. 그 여행에서 소재의 독특함과 표현의 다양성, 생각의 깊이와 상상의 넓이로 자연스런 의미를 만들려고 한다. 개성을 찾는 것이다. 오롯이 한 시인으로 서기 위한 필요 과정이다. 남과 비슷한, 어디서 읽은 듯한 詩는 스스로 괴로워하며 과감히 잘라내야 한다.

같은 사실도 표현이나 느낌, 상상으로 얼마든지 분위기나 의미를 바꿀 수 있다. 우리네 삶도 마찬가지다. 보는 사람에 따라, 감정에 따라, 관심에 따라 같은 일도 다르게 보고 느끼며 판단하게 된다. 여기에서 만들어진 나름대로의 독특한 생각들이 개성 있는 詩를 만든다. 개개의 의견을 한데 묶어놓으려는 답답함을 단호히 거부할 때 詩가 존재하는 것이다.

이때 두 발로 詩를 쓰는 시인이 있다. 구족시인을 말하는 것이 아니다. 이곳저곳 찾아다니며 쓴 현장詩를 말한다. 현장은 구체적이다. 구체적인 장소가 나오면 구체적인 사람들도 등장하고 구체적인 사연도 뒤따라 나오게 된다. 연쇄반응이다.

과거 발품 판다는 말이 성실하게 살아가는 사람들에 대한 상징성을 가지고 있었다면 요즘은 될 수 있으면 발품 팔지 않고 편하게 앉아 일하고 일을 시킨다. 물건도 배달시킨다. 그만큼 부딪치고 눈 맞추고 情을 주고받는 사람 사이의 왕래가 뜸해졌다.

시인 발길 따라 詩의 싹이 나고 자라고 맺히고 수확하던 일도 차츰 사라지면서 어느 순간 詩가 어려워지고 재미없어지고 공감대도 사라져 버렸다.

그때 박명화 시인의 詩를 만나게 된다. 그의 시편에는 다 기억하기 힘들 정도로 많은 발길의 흔적이 빛을 내고 있다. 가는 곳마다 길이 있고 길마다 사연이 있고 사연마다 詩가 생겨난다. 그곳으로 따라 걷다보면 고단한 사람들의 살아있는 이야기에 눈물, 한숨, 회한 등이 마구 쏟아져 버무려진 것을 만나게 된다. 그래서 박명화 詩앞에서는 먼저 '동행'이라는 명찰을 가슴에 꼭 달아놓아야 한다.

곳곳마다

　박명화의 詩的 동선은 주로 강화 교동도, 충남 안면도, 서울 영등포, 안양 박달동 등으로 이어진다. 지명은 그만큼 그곳을 사랑하거나 자주 가거나 잊을 수 없거나 남기고 싶은 것이 있거나 다시 생각해 볼 곳이거나 살았던 흔적이 남아있는 경우가 크다.
　詩는 먼 별나라 이야기나 아침이슬처럼 영롱한 것을 붙잡는 것이 아니다. 보이지 않고 손닿지 않는 곳에 대한 허망한 손짓이 아니다. 詩는 그냥 우리네 살아가는 주변 이야기이다. 그러한 것들을 세세히 들춰내기 위해 박명화는 여러 지명을 자주 등장시킨다.

　　예성강 사이로 마주보며 아랫말 윗말처럼
　　마실 다녔다던 연백 그리고 곡암부락
　　터 잡은 40여년 세월이
　　슬라이드 필름 속에 되돌리기를 하네

　　무지갯빛 피어오르는 듯한 물짱을 지나
　　보랏빛 제비꽃 수줍음 피어내는 둔덕을 지나면
　　머르메 부락 노란 수선화는
　　멀리 수정산 아카시아향기에
　　설익은 여름 미소 띄우네

　　하얀 탱자나무 꽃잎은
　　망향대 철조망 사이로 뿌옇게 일어나고
　　뾰족한 탱자나무 가시는
　　아버지 한 세월 담아낸 듯
　　굳은살 박힌 손바닥만큼이나

단단함 느껴지네.

푸드덕 삼선리 백로가 소식 전하려는 듯
눈부신 기지개로 아침을 열어젖히며
북쪽을 향한 힘찬 날갯짓을 하네.
할머니로 향한 아버지 맘을 아는 듯

— 「곡암부락 아버지 2」 일부

이 한 편의 詩에 곡암부락, 예성강, 연백, 머르메부락, 수정
산, 망향대, 삼선리 등 지명이 마구 쏟아져 나온다. 정황상 곡
암부락은 강화 어디쯤 있는 마을 같다. 그것도 북한이 빤히 보
이는 곳이다.

실향민 이야기 — 이제 실향민이라는 말조차 가물가물해지
는, 고향의 기억도 다 지워지고 다시 갈 수 있다는 보장도 없이
기다림에 지쳐 결국 쓰러져 가는 사람들. 고향은 어머니, 아버
지부터 시작해 피붙이들 사연이 끝없이 끌려 나온다. 그 곡암
부락 아버지 사연을 어찌 다 이야기하랴. 그 속에 숨어있는 사
연을 어찌 다 풀어 놓을 수 있으랴.

아버지 말을 받아 써 놓은 지명들이 아직까지는 그대로 살아
있는 느낌이다. 그러나 한 세대가 지나가면 누가 예성강을, 삼
선리를 노래할 것인가. 그리워 할 것인가.

순간 영등포 다가구주택 2층 놀이방에
뉘어졌던 많은 아가들이 주마등처럼 떠오른다.
신도림, 구로, 가리봉, 석수, 관악역을 지나
안양역하고도 박달동
24시간 가정놀이방 아가들을 만나는데
40년 6개월 걸렸다

그리고
60만 안양인구센서스 조사에서 당당히
이름 하나 올렸다.
60만 안양인구 속에 끼겨 있다.
안양팔경 속에 푹 파묻혀 있다

—「24시간 박달동 놀이방」 일부

위 詩에서는 영등포 다가구 주택 2층 놀이방부터 박달동 24
시간 가정놀이방까지 거리와 공간이 그려져 있다. 그 사이 신
도림, 구로, 가리봉, 석수, 관악역, 안양역, 박달동까지 넣어
입체감을 덧입히고 있다. 과히 지명으로 만든 재미있는 詩 구
절이다.

영등포가 한때 삶의 근거지였을까. 그러다 안양으로 내려온
것일까. 그 틈으로 아기들과 함께하는 일상이 그려져 있다. 물
론 아기들 이야기가 상당부분 나온다. 우선 위 두 편의 詩를 통
해 박명화의 詩的 공간을 미리 확인해 본다.

이 외에도 영등포시장, 강화도 하점면 부근리 고인돌 축제
현장, 교동도 월선포구, 남산포, 청계천 평화도매시장, 금정
동, 김제평야, 태안읍 신온리, 안면도 등, 곳곳에서 구체성을
확보하며 그곳 사람들 이야기를 줄줄이 쏟아낸다. 분주히 오가
는 리어카 바퀴소리를 통해 바쁜 시장사람들을, 어느 것 하나
한갓지게 멈춰있지 않는 풍경 속에 부스럭거리는 이야기를, 호
미라도 쥐고 부단히 자신의 삶이나 운명을 일구며 살아가는 사
연들이 그래서 이번 시집에 넘쳐난다.

그만큼 박명화의 詩的 발길도 엿보게 된다. 자가용도 없이
대중교통을 이용해 잘도 다닌다. 대중교통은 서민들과 만날 수
있는, 소통할 수 있는 매개체이다. 소시민적 발걸음이 만들어

낸 그의 詩 자체도 그래서 쉬지 않고 부스럭거리고, 여기저기 만지고 귀 쫑긋거리며 듣고 가슴으로 깊이 느끼고 있다. 이 또한 곳곳마다 바삐 돌아다니고 움직이며 뜨겁게 살아가고 있다는 증거이다. 그 곳곳에 박명화의 詩는 숨 쉬고 꿈틀대고 버티며 진하게 살아가고 있다.

아픔 따라

수많은 사람들의 수많은 사연은 하나같이 詩가 된다. 이미 발길 닿는 대로 詩가 쏟아져 나오다보니 박명화의 詩에는 수많은 사람들이 구체적으로 등장하게 된다. 사연도 어쩌면 하나같이 기구하고 힘들고 어려운지 인생박물관에 들어선 기분이다.

김제평야 끝자락
도랑 건너다보이는 다랭이밭 채마밭
허리 굽힌 엄니 손아귀에
한 줌만한 감자 하나 잡혀 있다
달랑 남은 달랑무 같은
감자 하나로 버텨온 세월
그 감자만한 것이 가슴속 똬리 틀었다

프레스공되어 들어앉은 10여년 세월동안
통증 없는 똬리 틀었다
조림용 감자만한 이물질이
변형된 혹 같은 것이
똬리 틀고 또 다른 똬리로 새끼 치는 걸
이승과 저승 바퀴 없는 수레에 올라
혼미한 노을빛 통증과 함께한 세월
두 다리를 뻗대야 앉을 수 있는 바퀴달린 나는

그녀의 수족이 되어
4년 9개월째
신경외과 1202호실 병상에서 마주하고 있다
평생 만날 길 없는 평행선 철로 위를 위태위태한
이방인처럼
전신과 종일 마주하고 있다

마주하는 아름다운 것이 많은 이승에
저승걸음 수없이 걸어보았음직한 두 다리를
뻗대고 앉은 그녀
진분홍 털실로 조끼를
뜨개질하고 있다

대바늘 위로 한 코 한 코 얹어질 때마다
마음그늘 한 코씩 내려뜨리고 있다

―「감자 하나」 전문

　감자만한 혹이 생긴 것이다. 암 덩어리라면 어떻게 생겨난
것일까. 프레스공으로 공장에서 고생하던 일들이 엉키고 설켜
암 덩이가 됐을까. 고생하며 산 것도 억울한데 그 고생이 암으
로 전이되다니……. 아린 감자 같은 사연이 읽는 사람 마음까
지도 아리게 한다. 그런데 진분홍 털실로 조끼를 뜨고 있다는
것은 삶의 등불을 아직 붙잡고 있다는 의지로 보인다. 쉽게 쓰
러지지 않는, 포기하지 않는 심성이 돋보이는 대목이다.
　박명화의 詩에는 어렵고 지친 사람들 이야기가 많지만 하나
같이 극복하려는 의지가 매달려 있다. 그것이 무용하건 아니건
중요하지 않다. 힘든 사람에게 더 애절한 꿈이 있다는 것을 의
미로 나타내는 대목이다.

밧데리 골목 끝자락
찬바람 쌩쌩 부는 날들이
눈 온 뒤 구질거리는 날보다 좋다
12인승 봉고차 미끄러지듯 들어오자
하루를 요리할 수십 개 눈동자 따라 붙는다

손바닥과 손가락에 감지된
온몸 열기로 데인 듯
뜨거워진 가슴 눈치라도 챈 양
흰머리 염색하고 나온 우씨 아저씨
봉고차 탑승 허락받는다

뒷좌석 딱딱한 승차감이 뭔 대수더냐
통장 잔고가 바닥인데
찬바람 잦아들면
구순 어머니 천식소리 쥐 오줌 배인 천장에
낮은 포복하고 다닐텐데

스파크 일으킬 파란 불빛과
왼 종일 눈 맞춰야 하는
중국집 보조주방 일당 자리
백두산호피라도 깔아놓은 듯
등짝에 스멀스멀 따스함 번져온다

— 「일당日當」 전문

하루하루 연명하며 불안하게 살아가는 우씨 아저씨가 주인 공이다. 중국집 주방 보조 자리라도 감지덕지, 구순 어머니까 지 건사해야한다. 그래서 일당 한자리 차지한 것이 마치 천하 를 얻은 듯 '백두산호피라도 깔아놓은 듯/ 등짝에 스멀스멀 따 스함 번져온다'고 노래한다. 죽으란 법은 없다고 노래하는 서

민들의 악착스런 모습과 그 어떤 어려움도 이겨내며 그 속에서
삶의 희열을 찾아내는 노래를 부르고 있다.

사람이 힘만 들면 어떻게 살아가나. 인생길은 부침의 연속이
다. 가난하든 부자든 마찬가지다. 좋은 날이 있으면 힘든 날도
있고 또 좋은 날도 있어 그나마 희망을 갖고 사는 것이 인생길
아니던가.

> 아기 볼살만큼이나 튼실한 빨간 고추는
> 풍만한 가슴으로 하늘보기를 멈추고
> 익어가는 가을 앞에 조신하게 서 있다
> 까치 깍깍거리는 감나무 이파리 덩달아
> 붉은 가을 익혀내고 있다
>
> 밤나무가지에 일렁이는 바람결에도
> 자라목이 된다는 20년 수절 은자엄니
> 약수터 지나 오름하고 내려오는 길
> 힘줄 선 팔목에 쥐어든 낫자루
> 어느새 인진 약쑥 뭉텅거리며 베어진다
> 가을과 버무려 산자락에 살짝 내려놓는다

—「화개산 오름 하던 날」 일부

20년 수절한 은자엄니 이야기다. 혼자 사는 외로움이 20년
넘으면 얼마나 짙어질까. 밤나무 가지에 이는 바람에도 자라목이
된다는 것은 역설로 보면 사내라는 말만 들어도 온몸이 떨려
자라목이 된다는 이야기다. '수줍은 듯' '빨간 고추' '풍만한 가
슴'에서 보이는 성적이미지도 은자엄니와 전혀 무관하지 않다.
그래서 대신 힘들어간 낫으로 인진 약쑥을 뭉텅 벤다는 것이
다. 마치 산자락만큼이나 무거웠을 세월을 단칼에 베어내듯이

그리고 답답한 마음 훌훌 털어내듯 길섶에 뿌려 말린다는 것이다. 여기서 약쑥은 은자엄니 인생의 약이다. 산다는 것이 별거더냐. 흩뿌려 놓으면 아무리 무거운 세월도 가볍게 흩어지고마는 것을.

수절하는 은자엄니 마음은 결국 인진 약쑥이 그대로 약이 되어 준다. 수절하는 외로움을 치유하는 방법은 멀리 있지 않다. 결국 내 설움 내가 풀어내고 내 외로움 내가 이겨내는 것이다. 이처럼 박명화 詩에는 스스로 치유하고 자정하는 효과가 뒤따라 다니고 있다.

혀 안에 감도는 달콤한 애기는
잠시 접어두고
혀끝에 맴도는 쓴 맛 찾아
길 떠나는 어머니
허리춤 추스르며 굽혔다 폈다 하기
수십 번
봄 한철 입맛 돌게 하는 것은
씀바귀가 최고인 거여

— 「씀바귀」 일부

약쑥이건 씀바귀이건 다 詩속에서 의미가 된다. 고달픈 삶을 치유해주는 자연의 약이기 때문이다. 마음의 약, 限을 달래주는 약, 그래서 힘들지만 살 수 있었고 살아냈고 또 끈질기게 살아왔고 앞으로도 살아갈 것임을 확인하게 된다. 대저 '사람'이란 말은 '살아간다'는 말에 그 어원이 있다는 것을 박명화 詩에서 느껴본다.

사람 좋은, 웃음 잃지 않는 박명화의 마음이 詩속에서 고스란히 읽힌다. 자신의 아픔과 외로움도 詩속에서 언뜻언뜻 드러나고 이겨내고 있는 것이다.

> 바닷물 걷히면 그대로 갯벌이 되는
> 교동도 월선포구 앞
> 꺼이꺼이 목청 좋게 울어 제끼는
> 날개 달린 것들과 동행을 한다
>
> 포르르 푸드덕 날갯짓하는 예쁜 새들
> 신작로 가장자리
> 비워있는 감나무 둥지 터 삼아
> 분주한 옛이야기 집어 나른다
>
> 폐선에 눈길만 하염없이 쏟아내던
> 가르마 선명한 어느 여인네
> 피울음 삼키던 순간들
> 살랑대는 해풍 한 자락에 쓸려 보내고

— 「교동도에서」 일부

교동도 월선포구 앞에서 꺼이꺼이 목청 좋게 울어 제끼는 것이 꼭 갈매기 뿐이겠는가. '어느 여인네 피울음 삼키던 순간들'을 누가 알아주겠는가. 교동도에만 이런 여인이 있겠는가. 과거 여인들이 살기 어려웠던, 여권이란 말조차 없었던 시대 이야기도 박명화는 놓치지 않는다.

시인이란 누구인가. 주변 이야기를 놓치지 않는 사람이다. 詩 쓸 것은 많은데 다 놓치기 때문에 못 쓰는 것이다. 제 때 詩를 붙잡는 솜씨는 애정과 관심이 따라야 된다. 그러면 사연과 관찰, 의미는 자연스레 따라오게 된다. 이 또한 놓치지 말고 붙잡으면 된다. 박명화는 이미 이를 잘 알고 있다.

일터마다

부대끼며 싸우고 사랑도 하고 이별도 해야 삶도 情이 든다. 도무지 부대끼지 않고 얻어낼 수 있는 것이 어디 있으랴. 그렇다면 박명화가 부대끼는 것은 무엇인가. 바로 詩속에 등장하는 사람들이다. 박명화 자신도 일하는 사람이다. 그 일의 현장에서 만난 사람들이 詩에 나타나는 것은 당연하다. 남들이 어려워하는 힘든 일터이기 때문이다. 주로 노인들, 아기들이 바로 박명화 시인의 詩속에서 부대끼며 情을 나누는 사람들이다.

까치놀이 동무하자고 문지방에 걸터앉는다. 시렁위에 얌전한 반찬통도 내려앉는다. 검은 매직으로 또박또박 쓴 "나종식 할아버지"글자가 선명하다. 머리맡 500미리 빈 우유 곽 속에 숟가락과 젓가락도 자리 잡는다. 시장기가 도는지 어지간히 달그락거린다.

전기밥솥 안 뚜껑 덮어진 스텐 밥그릇 네 개, 목요일이라고 시위하는 듯하다. 까치놀만 동무하자고 찾아왔으니 오늘도 가슴팍이 먹먹해 오나 보다. 줄어들 리 없는 스텐 밥그릇 네 개만 부대끼고 가부좌 틀고 게슴츠레한 눈만 번득인다.

남는 밥그릇 한개도 없을 때는 봉당에 멍석이라도 깔려 있으려나. 천막이 쳐져 있으려나, 하늘로 치솟은 용마루 끝에서 살덩이 같은 밥 두어 덩이 내려다보고 있으려나

까치놀이 시장한지 단숨에 먹어치우고는 주춤주춤 뒤꼍으로 에둘러 간다. 말라버린 우물을 내려다보는 듯 몇 잎 남은 감나무 이파리만 팔랑팔랑 노을빛과 친구하고 있다. 까치밥은 저리도 빛깔 곱게 익어 가는데 까치놀은 뒤 마려운 듯 줄행랑만 치

고 있다

제집인 양 찾아든 고양이 한 마리, 까치놀에 두 눈 번뜩이는
사이로 부지깽이 들고 고양이 내쫓던 할멈 얼굴만 뚜렷해 온다

꿈속에서 만나면 비워내지 못한 스텐 밥그릇 보고 뭐라 하려
나. 건넛마을 누렁이 울음소리, 산등성이 승냥이 울음소리 구성
지게 안뜰 안으로 들어온다

– 「나종식 할아버지」 전문

혼자 사는 나종식 할아버지 이야기다. 꿈속에서도 할머니를
생각하는 마음이 가슴 아프다. 혼자 사는 할아버지 마음을 다
읽어내는 것 같다. 가끔씩 찾아오는 사람들이 할머니만 하겠는
가. 독거노인이라는 말은 어감조차 좋지 않다. 혼자 사는 것도
슬픈데 거기다가 나이까지 많아 더 외로운데 주변 사람들은 외
면하는 것이 현실이다. 산등성이 승냥이 울음소리만 안뜰로 들
어온다는 표현이 등줄기 서늘한 죽음의 그림자를 내려놓는다.
긴 노년의 삶을 어떻게 할 것인가. 죄라면 늙어 가난하게 혼
자 사는 것뿐. 이는 남의 이야기가 절대 아니다. 다음의 요양원
이야기가 그 증거이다.

가슴속 일탈을 꿈꾸어 온 적도 없고
허망한 꿈 찾아 방황한 적도 없는데
지천명을 넘나 싶더니 온몸은 세상보기를 멈추었다

포구의 평화로움 뇌세포 자극하듯
소리 내지 못하는 입모양만 삐죽거리는
속! 상! 해!
선두에 늘어진 인파 속에라도 있는 듯

요양보호사 뒤늦게 속상해를 받아 되뇌어 주는
속! 상! 해?
끄덕이는 고갯짓 따라
들뜬 발걸음 뱃전에서 육지로 내디딘다

서서히 감겨지는 두 눈
포구안쪽 백사장
꾹꾹
밟고 가고 있는
가속도 달라붙은 시원한 발걸음
쭉 뻗어본다

- 「요양병원에서」 일부

바닷가에서 고생고생하며 살다 요양병원에 입원했지만 강화
도 어느 포구는 잊혀지지 않고 따라다닌다. 늘 땀 흘리던 곳이
기 때문이다. 뒤늦게 속상하다고 삶을 원망해보고 자신을 한탄
하고 후회한들 무슨 소용인가.
　노인문제는 사회문제이지만 시인에게 있어서도 문제가 된
다. 고생하고 힘없는 사람 편들어주기, 이야기 찾아 알리기,
관심 끌어내기 위한 시적 표현, 등등 이러한 일들로 박명화는
현실 속에서나 詩속에서나 여전히 바쁘다.

요양원 101동 101호 앞
한쪽 벽면 차지한 통유리 있다
바깥세상 통로 같은 통유리가
속 트임 가져다주는 병상
넝쿨장미 기지개 켜는 소리와 함께
5월의 하루 깨어난다

천근만근 눈꺼풀 올려보려 애를 써보는
가물가물 들려오는
자박거리는 소리
침상 아래로 파묻히는가 싶더니
등허리에 시원한 손길 와 닿는다
할머니! 할머니! 연거푸 외쳐대는 소리
귓전을 시끄럽게 간지럽힌다
시원한 손길 눈가에 머물자
구십 팔세 할머니
생기 잃은 검은 눈동자 속으로
넝쿨장미 한가득 들어앉아 있다

- 「101동 101호」 일부

구십 팔세 할머니, 장수라는 덕담 듣기도 모자라지만 현실은
그렇지 않다. 장수가 죄처럼 여겨지는 일은 없는지, 짐으로 전
락하지는 않는지, 곰곰 되짚어 볼 일이다.

요즘 요양원이 대세다. 너나없이 바쁜 시대이기에 요양원 이
야기는 끝없이 흘러나온다. 몇 편의 詩에서 보이는 풍경을 마
치 내 모습처럼 상상해 보면 더 실감날 것이다. 사연도 무슨 사
연들이 그렇게 많은지…….

요양원 뒷산자락 나무 가지 사이로
푸드덕 날짐승 날아가는 소리
어르신 귓전에 윙윙거린다

말없이 침대 끝에 앉아 있던 달님반 어르신
윙윙거리는 소리 따라 과거와 현재 오가기라도 하셨나
허공을 가르는 손길만 주춤거린다.
순간 '몹쓸 병'이라고 툭 뱉어버린 외마디
어느 한 귀퉁이 기억만 돌아온 듯한 말 한마디

크게 켜놓은 텔레비젼 소리에 묻혀버린다

－「순간」일부

A동 요양원 어르신
꽃봉오리 가득 찬 꽃상여 타고 갔다

－「한 달 열흘 만에」일부

  요양원 이야기 때문에 다른 할머니 이야기를 놓칠 수 없다.
그나마 요양원에 있으면 다행이다 싶은 다음의 詩를 읽어보자.
혼자 살다가 혼자 세상 떠난 할머니 이야기다. 뒤늦게 자식들
이 찾아와야 할머니는 이미 싸늘해졌고……

  굽은 등은 밭고랑 뒤엎은 것만큼 주저앉고
  손등은 버짐나무 껍데기 같고
  터럭만큼의 손길도 거부한 채
  부뚜막 가마솥에 불 지피던 할머니
  검정고무신 타들어가는 것도 모른다더니
  이승의 끈 슬쩍 놓아버리네

  한식날 논물은 살 베일 듯 차가운데
  피우지 않은 부뚜막 아궁이
  솔가리 재만 푸석거리네
  임종 못 본 자손들 한 차 가득 싣고 온
  한식 제사상이 첫 제사상이 되었네

－「한식날 한 식경에」일부

아이 따라

어르신 다음으로 많이 등장하는 것이 아이들이다. 아이들인
데도 사연이 기구해서 눈길, 발길, 다 멈추게 된다. 꿈과 희망
으로 가득해야 할 아이들이 사랑의 결핍, 선천적 장애, 힘들고
어려운 상황을 감당해야 한다는 것이 역시 어르신들 못지않게
가슴 아픈 일이다.

> 햇살도 졸음에 빠진 오후 4시경
> 놀이방에 온 8개월 된 아기 엄마
> (중략)
> 24시간 지나도록 감감 무소식이다
> (중략)
> 닷새 만에 듣는 천상의 소리 같다

- 「분유」에서

무슨 사연일까. 궁금한 것이 이 詩의 내용이다. 독자의 몫이
다. 상상하는 순간, 피치 못할 어떤 일들이 마구 떠오른다. 그
래도 천상의 소리를 남겨 놓아 독자들이 마치 아기인양, 엄마
인양 졸이던 가슴을 풀게 되어 다행이다. 이러한 詩는 직접 겪
지 않고 쓰기는 어렵다. 그래서 통통 살아있는 박명화의 詩맛
을 느낄 수 있다.

> 금정동 22번지 현관문 열어젖히면
> 14세 아이 속사포처럼 달려든다
> 낯익은 얼굴 위로 푸른 물살 넘실거리고
> 마주치지 못하는 시선은
> 레이더망에 잡히지 않는 잠수정 같다
> 종잡을 수 없는 녹조 속에 갈팡질팡하는
> 숨겨진 물살 속을 유유히 흐르는
> 잔잔함은 입술 끝으로 모아져

포만감에 가득 찬 미소를 끌어낸다
기 다 렸 어 요 ↗
대 야 미 가 여 ↗
하이소프라노 음성이 한 옥타브 올라가
오선지를 타고 논다

경쾌한 리듬되어
2인 삼각 하듯 발걸음 맞추는 내내
혼자만의 언어로 멋진 화음 엮어내는
으뜸화음으로 영국사 가여 ↗
버금딸림화음으로 이집트 피라미드 가여 ↗
딸림화음으로 헬렌켈러 일대기를 줄줄 꿰찬다
흥에 겨워 들썩거리는 아이의 어깨춤이
기분 좋은 파도타기를 하고 온 물미역처럼 신선하다

상큼한 시선 마주하며
너 무 잘 했 어 요 ↗
하이소프라노 음성으로 화답하며 귓불을 간지럽힌다
집채만 한 해일이 밀려오듯
온몸 체중 기분 좋게 다가온다
바다 속 깊숙이
우주 끝까지
스펙트럼처럼

− 「푸른 동행」 전문

14세면 중학생이지만 여기서 보면 어린아이 같다. 장애가 있을까. 그런데도 천진난만, 자유분방함이 마구 유영한다. 지명도 마구 튀어 나온다. 일본식 지명이 남아있는 군포의 대야미, 충남 영동에 있는 영국사, 이집트 피라미드까지……. 뻗어나가는 힘이 대단하다.

151

장애는 정도의 차이이지 누구에게나 있는 법, 극복하려는 의지만 있다면 누구나 어느 정도 이겨낼 수 있다. 그 길옆에서 희망을 버리지 않고 푸른 동행을 해주는 사람이 바로 박명화다. 그의 곁에서는 누구나 편안하고 웃음이 끊이지 않으며 긍정적인 힘을 얻게 된다. 박명화만의 숨은 매력이다.

생각마다

詩는 상상으로 싹이 나고 이파리가 돋고 가지를 뻗는다. 사실이던 현실이던 간에 상상이 얹어져야 詩는 자랄 수 있다. 상상의 아름다움이 다양하게 그려놓는 것이 詩다. 한 시인의 상상세계를 따라가는 길은 그래서 가슴 설레고 재미있고 놀라운 지적 광채까지 느끼게 된다. 박명화의 상상세계도 그런 면에서 독특하고 재미있고 동심적 발상도 만날 수 있다. 이는 아이들과 오래 생활하며 만들어진 것으로 추측된다.

이름 가진 네발 달린
희망이 질주한다
탄력 받아 질주하다 보면
날개 달고 날 수 있을까?
4차선 도로에서
8차선 도로에서
새벽안개 걷어내고
의기양양 날 수 있을까?

금성까지
아니 명왕성까지
아니 우주 끝까지

은하철도999되어 날아 갈 수 있을까?

두 다리는 벌써 다녀왔는데
화성에서 점심 먹고
목성에서 새참 먹고
천왕성에서 저녁 먹고
블랙홀에서 이브닝 커피
우아하게 마시고

네 발 달린 희망이와 함께 한 오늘
맑은 저녁 까치놀이 눈부신 오늘
아침 놀 아름다울 내일
날개 달고 날아봐야지

우주선 같은 자동차
네가 있어 든든한

– 「자동차」 전문

이 시대, 과히 속도와 전쟁을 치르며 사는 현대인들의 모습을 희화하고 있다. 아예 속도감을 즐기는 모습을 그려 넣어 또 다른 억압에 매여 사는 현대인들을 탈출 시키려는 의도까지 엿볼 수 있다.

모르는 사람은 상상을 허망하다거나 쓸데없는 생각으로 여기지만 상상은 답답한 현실을 초월한, 이겨낼 수 있는, 여유를 만끽할 수 있는 힘을 불어넣어 준다. 속도에 구속당하고 어느 틈에 저당 잡힌 자신을 되찾을 수 있는 역할을 해주는 것이 상상이다. 상상하는 사람은 그래서 행복하다.

박명화가 브레이크 없는 자동차를 타고 목성으로 천왕성으로 달려간다 해도 우리는 하나도 불안하지 않고 오히려 입가에 미소 지으며 함께 신나게 달리고 싶은 충동을 일으키게 된다.
그러면 이 詩는 성공이다.

아카시아 향기 따라 걷다가
잠시 멈춰진 숲길에서
접지 못하는 꿈 하나 데리고
다시 걷는다

속살거리며 꿈이 지껄여 댄다
조껍데기 까부수는 재주도 없으면서
無信 詩를 쓴다고

까부술 수 있는 것들은
모두 까부쉬버리고
허우적허우적거리다가
거꾸로 처박힐 때 처박히더라도
詩다운 詩 한편 써보라고

無信 詩를 쓴다고
그래도 쓰고 싶은 詩
다시 움켜쥐고
아카시아 향기 따라 걷는다
수리산 팔부능선 시 한 마리 살지 않는

                    - 「無信 詩를 쓴다고」 전문

'無信'은 '무슨'과 유사 음흡이 나는 pun이다. '접지 못하는
꿈 하나'는 아카시아 향기 따라 걷는 詩의 길이다. 꿈의 길이
다. 그 꿈이 자조 섞인 형태로 나타난다. '조껍데기 까부수는
재주도 없으면서' 자기 비하의 이런 표현은 기실 반어의 모습
이다. 반대로 이야기하는 이 말의 속뜻은 조껍데기 보다 더한

154

권력이나 부정을 까부술 수 있는 힘 있는 詩를 쓰고 싶다는 소망의 또 다른 표현이다.

꼭 詩만의 이야기인가. 그렇지 않다. 사람이 바라는 바는 쉽게 이뤄지지 않는다. 부단한 노력과 끈기가 따라야 한다. 그렇다면 여기서 詩쓰는 일은 우리네 삶의 또 다른 어떤 일이기도 하다.

아카시아 향기가 나는 시인, 작은 정성을 찾아 은은히, 변함없이 오래, 멀리 십리는 족히 퍼져나가는……. 그런 아카시아 향기가 나는 詩를 쓰는 일이 꿈이 아니라 현실이기를 바라는 것은 바로 박명화의 마음이다.

여유 따라

고추 당초 같은 시집살이도
사랑채 헛기침소리도
정주간 눈물겨움도
서둘러 횃댓보 역에 내려놓으니
조잘대는 참새 한 마리
날갯짓하며 경대 속으로 쏙 들어오네

— 「텃새」 일부

텃새는 터 잡을 때까지 갖은 고난을 이겨내야 한다. 고추 당초 시집살이는 물론 시어른 헛기침소리에도 온몸이 얼어붙고 정주간에 흘린 눈물도 강물처럼 흘러야 한다. 다행히 하나하나 이겨내며 살아온 세월이 마치 횃댓보에 수놓아진 그림같이 아름답기만 하다. 텃새가 한 곳을 지킨다. 그렇게 한 곳에 뿌리내리고 살아가는 사람들 이야기와 그렇게 살아가며 만든 박명화

시인의 자리는 예사로운 곳이 아닌 것이다.

　　쏟아내었던 말
　　독화살 같은 비수되어
　　뱉어낸 말
　　애간장 저미었을 말

　　돌아온 대답은
　　"어허" 그 한마디 뿐

　　혹한의 세월 같은 날들
　　살아내고 있는 것을
　　알았던 게야

　　마지막 침상에서
　　잡아준 손아귀의 여운만
　　소용돌이 같은 회한으로 남겨두고
　　"어허" 소리는
　　먹먹한 상상으로만 듣고
　　살아갈 테지

- 「어허」 전문

　인생을 아는 사람은, 피눈물을 흘려본 사람은 어느 정도 초월의 경지를 지니게 된다. 일일이 따지고 캐내고 싸우고 핏대 올리면 주변 사람들도 피곤해 진다. 인생은 피곤하게 살려고 하면 한없이 피곤하고 편안하게 살려고 하면 얼마든지 편안하게 살 수 있다. 마음의 문제이기 때문이다.

　'독화살 같은 비수' '애간장' '혹한의 세월' '소용돌이 같은 회한'도 다 접어두고 '어허' 한마디로 정리하는 솜씨가 돋보인

156

다. 여기서 '어허'는 마음 정리의 한 표현일 수도 있고 적당한
양보일 수도 있으며 때로 기가 막혀 웃어넘기는 것일 수도 있
고 아예 삶을 포기하려는 빈 마음일 수도 있다.

　도무지 다 가지려고 하면 인생이 힘들어 진다. 때로 버리기
도, 잊기도, 한쪽으로 밀어두기도 하며 그때 '어허' 한마디 하
며 넘어가는 인생길은 얼마나 쓸쓸하며 넉넉한가.

　이렇듯 금전이나 명예를 쫓아 다니지 않고 힘들고 지친 어려
운 사람들을 찾아가는 박명화의 발품 따라 동행하는 일은 때로
마음이 먹먹해지기도 하고 다시 힘을 내며 삶의 의지를 불태우
기도 하고 때로 허허실실 웃으며 마음 한 자락 접고 살아야 한
다는 생각도 갖게 한다. 박명화가 던져준 강한 시적 감정들로
인해 오래 그 굴레 속에 갇혀 지낼 것 같다. 그래도 행복할 것
같아 다행이다.

　　샛강에 얼음이 얇게 저밀 때쯤
　　다시 오시게나
　　방죽에 더께가 더 쌓이면 오시게나
　　핏빛 동백꽃이 더디 오는 봄을 일으켜 세우고
　　중부리도요새가 고향길 가기 전
　　에돌다가는 춘삼월에 다시 오시게나

　　아무려나
　　오고 가는 길
　　정해진 길이 아니거늘
　　아무 때나 오시게나
　　10월 상달 바람타고
　　오시게나

- 「길」 일부

길도 여러 갈래다. 크게는 그냥 인생길이라고 할 수 있다. 세세하게 이야기하면 사람마다, 사연마다 다 갈라질 수밖에 없다. 그 길에 이런저런 제약이나 구속이나 삭막함을 다 풀어 놓고 있다. 정해진 길이 있다는 것은 행복일 수도 있지만 그로 인해 생기는 치열함도 때로 부담이 될 수 있다. 사람과 사람 사이에 생기는 마찰이라든지 욕심도 끝이 없다. 그런 시대에 사람 좋은 박명화는 '정해진 길이 아니거늘/ 아무 때나 오시게나'라고 모든 무장을 해제시켜 놓는다. 때로, 때때로 현대인들에게 이보다 더 좋은 구절이 어디 있을까.

박명화에게 다가가는 길도 마찬가지다. 어렵고 까다롭고 보이지 않는 선을 긋고 사는 사람들 곁에서 박명화만큼 편하게 만날 수 있는 사람도 드물다. 예외 그 김지미 닮은 얼굴로 웃음부터 안겨주는 박명화를 만나는 일은 그래서 마음부터 신나고 행복하다.

박명화 시인을 만나러 갈 때는 당연 마음의 무장을 해제할 것. 아니 무장을 했더라도 금방 풀어지니 그 또한 계산 없이 그냥 찾아갈 것. 그는 늘 그 자리에 변함없이 뿌리내리고 텃세도 부리지 않고 살고 있을 테니까.

박 명 화 시집

텃새

초 판 인 쇄 2015년 7월 10일
초 판 발 행 2015년 7월 15일

지 은 이 박명화
펴 낸 이 배준석
펴 낸 곳 **문학산책사**
등   록 제3842006000002호
주   소 경기도 안양시 만안구 병목안로 81 성원Ⓐ 103-1205
          ⑨430-717
전   화 (031)441-3337
휴 대 폰 010-5437-8303
홈 페 이 지 http://cafe.daum.net/munsan1996
이 메 일 beajsuk@hanmail.net

값 8,000원

ISBN 978-89-92102-58-2 03810

이 도서의 국립중앙도서관 출판예정도서목록(CIP)은 서지정보유
통지원시스템 홈페이지(http://seoji.nl.go.kr)와 국가자료공동목록
시스템(http://www.nl.go.kr/kolisnet)에서 이용하실 수 있습니다.
(CIP제어번호: CIP2015018770)